« SARAH, JE T'EN PRIE, RÉVEILLE-TOI ! »

Ariel se figea sur les marches du perron.

Il y avait quelque chose par terre, juste à l'entrée du hall.

Ô mon Dieu…

Sarah.

Son corps était à moitié couvert de sang. Et elle n'était pas seule. Jezebel se trouvait à côté, gisant sur le dos au pied de l'escalier. De grandes taches brunes maculaient le plancher. *Non, non !* Ariel s'agrippa au montant de la porte pour ne pas s'effondrer. Les deux filles fixaient le plafond, pâles, immobiles, le regard vitreux…

— Sarah ?

Ariel se força à avancer. Elle saisit Sarah par les épaules et la secoua. Aucune réaction. Le cou de Sarah flottait entre ses mains comme une sorte de tige caoutchouteuse. Ses lunettes glissèrent de son visage et tombèrent par terre. Un pistolet était serré dans sa main.

— Sarah ! hurla Ariel en enfonçant ses ongles dans sa peau froide et raidie. Sarah, je t'en prie, réveille-toi. Réveille-toi !

Rien.

DANIEL PARKER

Daniel Parker est l'auteur de plus de vingt romans pour enfants et adolescents. Il vit à New York avec sa femme, son chien et un chat psychotique dénommé Bootsie. Il est du signe du Lion. Quand il n'écrit pas, il parcourt infatigablement le monde dans l'espoir vain de devenir une star de rock-and-roll. À ce jour, il a notamment composé plusieurs morceaux de blues pour le film The Grave *(mettant en scène un Anthony Michael Hall « gonflé » à bloc) et donné une série de concerts de rap à Hong Kong devant un public philippin époustouflé. M. Parker a autrefois travaillé dans une crémerie. Il a été licencié.*

Daniel Parker

COMPTE À REBOURS

NOVEMBRE

Traduit de l'américain
par Isabelle Tolila

Éditions J'ai lu

Titre original :
COUNT DOWN-NOVEMBER
Published in the U.S. by Aladdin Paperbacks, an imprint
of Simon & Schuster, Children's Publishing Division, N.Y.

L'Antique Parchemin des Scribes :

Au onzième cycle lunaire,
En l'an 5760,
Le Démon trahira le Faux Prophète.
Influencé par les mensonges et les manœuvres
des serviteurs du Démon,
Le Faux Prophète ira au-devant de sa propre perte,
Entraînant avec lui les Visionnaires aveuglés.
Le Démon se désaltérera de sang et se nourrira de chair,
Séparé de l'Élue,
Il reprendra des forces dans son camp,
Se préparant au jour
où les deux Visionnaires Consacrés arriveront,
Et où se livrera l'ultime combat.

La transe nul. Tu écris est personne.
Écarter et rater vivier rose.
23.11.99.

Le Démon me croit ennui tête. Rire aiguise intimité le jour. Vile flux crépue elle sort assise.
25.11.99.

Le compte à rebours a commencé...

Le long sommeil est terminé.

Pendant trois mille ans j'ai patiemment observé et attendu. Les Prophéties ont annoncé le jour où le soleil jaillirait et toucherait la terre — où mon sommeil prendrait fin, où mon arme antique s'animerait, où ma gloire assoupie rayonnerait de nouveau sur la planète et ses peuples.

Ce jour est arrivé.

Mais il ne peut y avoir de victoire sans combat. Toute civilisation, à travers les légendes les plus variées, illustre ce même noyau de vérité : le bien requiert le mal ; la rédemption requiert le péché.

Je ne suis donc pas seul. L'Élue m'attend. L'éruption solaire a permis la clairvoyance des Visionnaires, ceux qui peuvent rallier l'Élue pour empêcher l'avènement de mon règne. Mais s'ils veulent me vaincre, ils doivent d'abord comprendre le sens de leurs visions.

Car chaque vision n'est que la pièce d'un puzzle, un puzzle destiné à former un tableau... que je briserai en éclats pour recomposer l'image de mon choix.

Je suis prêt. Mes serviteurs aussi. Ils ont fait le nécessaire pour plonger les Visionnaires dans la confusion — prologue au temps glorieux où le compte à rebours s'achèvera et où mon arme antique annoncera une ère nouvelle.

Mes serviteurs ont déclenché le fléau qui a réduit la population de la terre à une horde d'adolescents terrorisés. Aucun de ces enfants ne sait comment ni pourquoi leurs aînés et leurs cadets ont péri.

Et ce n'était que le début.

Mes serviteurs se sont rendus maîtres du chaos. Ils subvertiront les Prophéties dans le dessein de transformer les masses en esclaves ignorants. Ils traqueront les Visionnaires, un par un, jusqu'à leur extermination totale. Ils élimineront les descendants des Scribes afin qu'aucun des Visionnaires ne prenne connaissance du parchemin. Les codes secrets demeureront secrets. Des calamités abominables et des catastrophes naturelles dévasteront la terre. Même l'Élue sera sans défense contre moi.

Je vaincrai.

PREMIÈRE PARTIE
Novembre

du 1er au 10 novembre 1999

CHAPITRE UN
Novembre

Parc national du mont Rainier.
Du 1er au 4 novembre.

LE MOMENT ÉTAIT ENFIN VENU.

Et pourtant, même en cet instant, le Dr Harold Wurf pouvait à peine croire que sa destinée était sur le point de s'accomplir. Il allait se *métamorphoser*. L'être de chair et de sang qu'il était allait se transformer en une divinité immortelle. La sombre montagne se dressait devant lui — se découpant sur la toile de fond noire du ciel, illuminée par les lueurs de centaines de feux de camp. Ces lointains points lumineux ressemblaient à des lucioles... apparaissant et disparaissant sous les frondaisons au gré du vent. Ce vent d'automne qui mugissait, agitant d'un même mouvement ses longs cheveux bruns. Des milliers de fidèles l'attendaient là-bas. Des dizaines de milliers. Vision surréaliste, *impressionnante*.

— Nous y sommes, murmura Linda Altman à côté de lui.

Harold hocha la tête.

— Je sais.

— C'est exactement comme dans ma vision, souffla-t-elle, émerveillée. Les lumières et les...

— Je *sais*, répéta Harold sans même essayer de cacher son agacement. Tu me l'as déjà dit.

Il traversa le parking vide en direction des petits sentiers à peine visibles qui s'enfonçaient dans la forêt touffue. Quand cette fille apprendrait-elle donc à se taire ? Et dire qu'il y avait seulement quelques mois il aurait pris plaisir à l'entendre caqueter pendant des heures. Évidemment, à l'époque il avait la bêtise de trouver musical son accent anglais pleurnichard. À l'époque il pouvait supporter sa vue plus de quelques secondes d'affilée…

Quel gâchis ! Le visage affreusement mutilé de Linda l'était à jamais. Elle ne serait plus jamais belle. Harold avait étudié la médecine suffisamment longtemps pour le savoir.

Cependant, la mystérieuse attaque du Démon sur cette route isolée avait eu le mérite de lui ouvrir les yeux. Oui. À présent, il voyait Linda telle qu'elle était vraiment. Sa stupéfiante beauté l'avait jusqu'alors aveuglé : ce visage parfaitement dessiné, ces grands yeux bleus, ces cheveux dorés… tous ces attraits l'avaient empêché de prendre conscience qu'elle n'était qu'une casse-pieds obséquieuse — comme tous les autres membres de son troupeau. Un peu plus intelligente, un peu plus douée, peut-être… mais finalement rien d'autre qu'une énième esclave.

— Où allons-nous ? demanda-t-elle en lui emboîtant le pas.

— À la rencontre de mes fidèles, répondit-il sans se retourner. *Pauvre idiote*, ajouta-t-il en son for intérieur.

Tout compte fait, elle n'était peut-être pas si futée que ça. Où croyait-elle donc qu'il allait ? Cueillir des champignons ?

— Non ! s'écria-t-elle en le rattrapant et en l'agrippant par l'épaule. Tu dois attendre le signe…

— Lâche-moi, aboya-t-il en se libérant d'un mouvement sec.

Il fit volte-face, et réprima aussitôt une grimace de dégoût. Même dans l'obscurité, les balafres et les cicatrices se détachaient sur son visage, formant un hideux relief. Il baissa les yeux. Il doutait de pouvoir passer encore une heure seul à seule avec elle sans prendre le parti de s'enfuir.

— Je suis… désolée, balbutia-t-elle. Je ne voulais pas te toucher. Mais l'heure n'est pas encore venue.

Il serra les dents, luttant pour conserver un semblant de civilité.

— Que veux-tu dire ? Nous sommes *arrivés*, Linda. Nous voyageons en zigzag depuis des semaines. Je me suis plié à toutes tes directives pour éviter le Démon. Voilà plus d'un mois que je n'ai pas vu âme qui vive à part *toi*.

Il désigna la montagne d'un geste impatient.

— Maintenant, mon troupeau m'attend…

— Mais le Démon est encore proche, objecta-t-elle. Regarde le ciel, Harold. Ce nuage est l'œuvre du Démon. Mais bientôt il se dissoudra. Le soleil brillera de nouveau. Et le Démon s'affaiblira. C'est le signe que nous devons attendre. D'ici là…

— Et comment *sais-tu* tout ça ? demanda-t-il en la toisant avec dédain.

Ses lèvres tremblèrent.

— Je… je l'ai vu.

— Tu l'as vu, répéta-t-il froidement. Tu vois des tas de choses, Linda. Le problème, c'est que toutes ne se réalisent pas.

Pendant un bref instant, l'expression de Linda sembla se modifier. Ses yeux se plissèrent très légèrement, presque imperceptiblement. Était-elle en colère ? Il épia sa réaction — mais son visage reprit son éternel air effrayé et servile. Avait-il imaginé ce signe de révolte ? Elle n'avait pas le droit d'être en colère. Absolument pas...

— Quand ai-je eu une vision qui ne se soit pas réalisée ? demanda-t-elle dans un souffle.

— Il y a deux mois, quand nous errions dans le désert, répondit-il aussitôt. Tu ne te rappelles pas ? Tu disais qu'une fille viendrait de l'Est, avec un ancien parchemin contenant l'ultime clé pour vaincre le Démon. Ce sont tes *propres* mots, Linda. Qu'est-il arrivé à cette fille ? A-t-elle trouvé mieux à faire en cours de route ?

Linda secoua la tête d'un air désemparé.

— Je... je...

— Alors, que suis-je censé croire ? l'interrompit-il d'un ton impérieux. Et si tu te trompais cette fois encore ? Si j'attendais trop longtemps ? Mettons les points sur les *i*, Linda. Je m'y connais un peu en nature humaine. Si les gosses sur cette montagne me voient traîner ici à ne rien faire, à *attendre* qu'un signe se produise, ils vont commencer à se poser des questions. Puis ils vont se dire : « L'Élu n'a peut-être pas autant de pouvoirs qu'il le prétend. » Et *là*, j'aurai un sacré problème sur les bras.

— Mais comment peux-tu dire une chose pareille ? Et tes miracles ? Ils ne seraient pas ici s'ils n'avaient entendu parler de tout ce que tu as accompli...

— Oh, arrête ! Ils se moquent totalement de ce que j'ai accompli. Les adolescents ont la mémoire courte, au cas où tu ne l'aurais pas remarqué. Et rien n'y changera, *quoi* que j'aie fait.

Il eut un ricanement désabusé.

— Parfois je trouve la vie injuste. Moïse a eu le peuple d'Israël. Et moi qu'est-ce que je récolte ? La génération MTV. Ils ne se souviennent pas de ce qui s'est passé cinq minutes plus tôt, alors cinq *mois*…

Linda ne répondit pas. Elle le fixait, le visage dénué de toute expression. Puis, au grand étonnement de Harold, elle se mit à rire.

— Qu'y a-t-il de si drôle ? aboya-t-il, vexé.

— Rien, murmura-t-elle en s'arrêtant instantanément de rire et en baissant les yeux. C'est juste que tu as oublié quelque chose. Tu as le pouvoir de guérir n'importe qui, à tout moment.

Un sourire triste étira ses lèvres.

— Tu es celui qui doute le plus de toi-même, Harold. Il te suffit de poser les mains sur quelqu'un pour que tous ses maux disparaissent…

Harold fut comme frappé d'une révélation. Elle avait raison, bien sûr.

Il avait contré l'Épidémie d'une simple imposition des mains. Sa seule *volonté* avait détruit des centaines d'infidèles. Il était le Guérisseur, avant tout. S'il décidait d'attendre que ce nuage s'évapore, personne n'oserait contester sa décision.

Et il fallait admettre que Linda ne s'était trompée qu'une seule fois. Toutes ses autres visions s'étaient concrétisées… souvent avec de terribles répercussions. Il avait laissé ses frustrations voiler son jugement. Mais le simple bon sens ne laissait aucun doute : il était un *génie*.

— Je peux te demander quelque chose ? souffla Linda en relevant les yeux.

Il hocha distraitement la tête.

— Pourquoi ne m'as-tu pas guérie ?

Harold la regarda stupidement.

— Je… je… je ne sais pas.

Pour la première fois de sa vie, il ne savait pas quoi dire. Pour être franc, l'idée de guérir Linda ne l'avait même pas effleuré.

Linda soupira et planta son regard dans le sien.

— Écoute, Harold… je ne peux pas expliquer pourquoi cette fille n'est jamais arrivée avec le parchemin. Je l'ai *vue*. Le Démon l'a peut-être interceptée, ou alors, pour une raison que j'ignore, il m'a envoyé cette vision. Mais je sais que… que… tu dois être patient, sinon quelque chose de monstrueux se produira. Le pouvoir d'accomplir des miracles se trouve entre tes mains. Il faut juste que tu l'utilises à bon escient.

Sans réfléchir, il avança la main et lui tapota doucement la tête. Il ne pouvait pas se résoudre à toucher cette peau blessée, ni même à parler… mais ses pensées étaient pures.

Je suis désolé, Linda. S'il m'est possible de te guérir, je le ferai. Je le promets.

— Harold ! Harold, réveille-toi !

Il poussa un grognement de protestation. Il ne voulait pas se réveiller. Il était trop fatigué…

— C'est un miracle ! Un miracle !

Juste quelques minutes encore. J'ai besoin de dormir.

— Regarde-moi, Harold !

Il se força à ouvrir les yeux. Quelle heure pouvait-il être ? Depuis quand dormait-il ? Il faisait encore nuit — comme toujours. Des branches se balançaient au-dessus de lui. Il était couché à même le sol… et discernait un visage. Mais tout était si flou. Il n'arrivait même pas à le reconnaître. Peut-être rêvait-il. Ce visage appartenait à une superbe femme…

— Tu m'as guérie !

Linda ?

Il se redressa vivement. *Dieu du ciel !* Il en avait le souffle coupé. Le visage de Linda… se trouvait là, juste devant lui — virginal, intact, encore plus beau que dans son souvenir. Éberlué, il se frotta énergiquement les yeux. Puis son regard se promena sur chaque détail : la subtile courbe des lèvres pulpeuses, le petit nez, les joues veloutées… Aucune cicatrice. Et son visage avait même gagné en finesse. Avec un petit quelque chose de plus *sexy*. Une petite étincelle aguichante, qui ne s'y trouvait pas auparavant brillait au fond de ses yeux. Il commença à sourire. Elle avait dû perdre du poids ces dernières semaines. Sans doute à cause d'une alimentation déséquilibrée. Mais la transformation était stupéfiante…

— Tu l'as fait, Harold, souffla-t-elle en se jetant à son cou. Tu m'as sauvée.

— Quand est-ce arrivé ? demanda-t-il.

Bizarrement, il avait du mal à articuler. Sa bouche était pâteuse, ses tempes battaient douloureusement… Comme s'il avait une gueule de bois carabinée.

— Dans la nuit, lui souffla-t-elle à l'oreille. Je me suis réveillée, et tout mon corps vibrait. On aurait dit qu'on m'avait branchée à une prise. J'étais… je ne sais même pas comment le décrire, Harold. J'étais *enflammée*. Et puis j'ai touché mon visage. Plus de cicatrices. Plus de douleur. Grâce à toi.

Lentement, il saisit l'ampleur de ce qui s'était passé. Il n'avait eu qu'à souhaiter qu'elle guérisse, et elle avait guéri. Un acte totalement altruiste. Il avait souhaité qu'elle retrouve sa beauté, pour son bonheur à elle — pas pour le sien.

Ce devait être ça le secret de son pouvoir : le pur altruisme !

Mais oui. Sur la Terre Promise, il avait guéri Luke — alors même qu'il commençait à se désintégrer. Et pourquoi ? Pour empêcher Luke de mourir. Cela avait été son unique motif. C'était le médecin en lui qui avait réagi. D'ailleurs, n'était-ce pas pour cette raison qu'il avait choisi la médecine : pour *aider* les autres ?

— J'avais tort, Harold, murmura Linda. Tu ne devrais pas attendre sans rien faire. Tu devrais rejoindre tes fidèles. Guérir le plus possible de gens en attendant le signe. Chacun de tes miracles affaiblit le Démon. Je le *sens*.

Oui. Je le sens aussi. Elle avait raison. C'était lui qui doutait le plus de lui-même. Mais plus maintenant. Aujourd'hui, il irait à la rencontre de ses fidèles et les prendrait en charge, avec cette superbe Visionnaire à ses côtés. Il les préparerait à ce glorieux jour — où il étendrait la main au-dessus de leur multitude et leur accorderait la grâce de l'immortalité.

Ensemble, ils hériteraient de la Terre. Et il régnerait pour l'éternité. Il ne savait pas exactement *comment* cela adviendrait… ni même quand ce jour arriverait. Les détails se révéleraient en temps voulu, comme toujours. Il savait seulement qu'il accomplirait l'impossible.

Parce que, maintenant, il connaissait la vérité.

Il n'était pas juste un dieu parmi tant d'autres. Il était Dieu. Oui. Et sa nature divine allait être révélée à la face du monde. Il sourit à Linda avec bienveillance.

— Merci, Harold, dit-elle d'une voix frémissante.

Étonnant, s'émerveilla-t-il. Même sa voix était plus douce.

CHAPITRE DEUX

Novembre

187 Puget Drive, Babylon.
1er novembre.

SI SARAH N'EST PAS ICI, je ne la retrouverai sans doute jamais. Elle est fichue de poursuivre Jezebel jusqu'à l'autre bout du pays.

Ariel Collins se tenait devant son ancienne maison. Elle tremblait de froid. La température était bien trop basse pour un mois de novembre. À supposer qu'on soit en novembre. Ça pourrait aussi bien être la fin octobre. Et il pourrait être quatre heures du matin, comme quatre heures de l'après-midi. Aucun moyen de le savoir. Dans la nuit perpétuelle qui s'était abattue sur Babylon, les repères temporels n'existaient plus. Elle se demanda si son vieux réveil Mickey continuait de fonctionner, là-haut dans son bureau…

Eh ben, t'as qu'à monter voir, grosse maligne.

Mais elle ne pouvait pas y aller. Pas encore. La maison ne lui donnait pas exactement le sentiment d'être la bienvenue. On aurait même dit que ce n'était pas la *sienne*. Du moins, pas celle dont elle se souvenait. Elle ressemblait plus à une maison hantée de parc d'attractions — ombre fantomatique se découpant sinistrement sur le ciel obscur.

La porte était ouverte. L'avait-elle laissée ainsi ? Elle ne se rappelait plus. Elle se pencha en avant essayant de voir par-delà la pelouse... et distingua la courbe de la rampe d'escalier dans le hall. Étonnant comme ses yeux s'étaient habitués au manque de lumière. Rien de tel que deux semaines d'obscurité pour aiguiser la vision. Si le soleil revenait un jour, elle deviendrait sûrement aveugle.

— Sarah ? appela-t-elle doucement. Sarah, tu es là ? Est-ce que...

Elle se tut brusquement. Murmurer toute seule dans le noir la mettait mal à l'aise... elle avait l'impression d'être une espèce de dingue s'adressant à une amie imaginaire. D'ailleurs, c'était probablement le cas. Elle se parlait à elle-même. La rue était déserte, comme toutes les autres rues de Babylon. Tout le monde était réuni autour d'une cuve de potion puante à l'Institut de technologie — se cachant du Démon (quel qu'il soit), recroquevillés les uns contre les autres dans le noir, ils s'enfilaient la potion magique contre l'Épidémie en essayant de ne pas gerber.

Et puis, pourquoi Sarah serait-elle venue *ici* ? Elle cherchait Jezebel. Et Jezebel avait toujours soigneusement évité cet endroit — même *avant* l'Épidémie, et bien avant qu'on sache qui elle était vraiment. Une fois, elle avait même eu le culot de clamer qu'elle ne « s'abaissait » à aller chez Ariel que pour se défoncer.

Comme au réveillon du jour de l'an.

Ouais. Tout avait commencé ici. A la *Casa Collins*. Ariel secoua la tête avec dégoût. Ça faisait longtemps qu'elle n'avait pas pensé à cette prétendue fête — sans doute parce que son père et à peu près six billions d'autres personnes s'étaient transformés en flaques noires et gluantes cette nuit-là. Mais à y repenser, maintenant, elle trouvait presque admirable la façon dont Jezebel avait dupé tout le monde. Cette nana était une actrice-née. Elle avait piqué une crise, genre la fille terrorisée qui pète les plombs — alors que c'était *elle* la responsable, pour la panne d'électricité, pour l'Épidémie… pour tout.

Enfin, peut-être pas. D'après Sarah, le Démon avait possédé Jezebel en avril. Avant cette date, elle était encore elle-même — la salope bourrée d'angoisse qu'Ariel avait toujours connue. Alors, Jez avait peut-être eu vraiment la trouille cette nuit-là. Seule Sarah devait savoir la vérité. Elle savait tout. Elle était l'Élue.

— Sarah ? appela-t-elle de nouveau, avec un peu plus de conviction dans la voix.

La maison ne répondit pas.

Tu n'aurais pas dû te lancer à sa recherche. Tu ne sais pas à quoi tu te frottes. Sarah est partie combattre le Démon. Ça te dépasse complètement. Tu aurais dû attendre son retour à l'Institut — comme les autres.

Ouais. Elle *aurait dû* attendre. Mais elle ne supportait plus cet endroit. Primo, la puanteur de l'antidote commençait à forer un trou dans son nez. Secundo, comment aurait-elle pu rester plantée là à se poser mille questions ? Elle n'avait jamais pu faire ça : s'effacer et laisser la vie suivre son cours. Pas étonnant qu'autant de gens l'aient prise pour le Démon. Elle cherchait toujours un moyen de prendre les choses en main, d'être responsable. Toujours.

Maintenant qu'elle était ici, elle *devait* jeter un coup d'œil à l'intérieur. Rien qu'un.

Allez. Elle plongea les mains dans ses poches et traversa la pelouse desséchée d'un pas déterminé. Elle monterait dans sa chambre et…

Elle se figea sur les marches du perron.

Il y avait quelque chose par terre, juste à l'entrée du hall.

Ô mon Dieu…

Sarah.

Son corps était à moitié couvert de sang. Et elle n'était pas seule. Jezebel se trouvait à proximité, gisant sur le dos au bas de l'escalier. Une odeur fétide stagnait dans l'air immobile. De grandes taches brunes maculaient le plancher. *Non, non.* Ariel s'agrippa au montant de la porte pour ne pas s'effondrer. Non ! Elle était en plein cauchemar. Les deux filles, d'une pâleur cireuse, fixaient le plafond. Sans ciller. Immobiles. Avec ce regard vitreux et surpris qui lui rappelait celui de Trevor, quand elle avait trouvé son corps…

— Sarah ?

C'était impossible. Sarah devait être dans une sorte de coma. Elle ne *pouvait* pas mourir. Et le collier ? N'était-il pas censé la rendre invincible ? Ç'avait bien marché pour Ariel… mais la chaîne était détachée du cou de Sarah. L'affreux pendentif en argent avait atterri à côté de sa tête.

Ariel se força à passer le seuil obscur. Ses bras tremblaient convulsivement. Elle saisit Sarah par les épaules et la secoua. Mais il n'y eut aucune réaction. Le cou de Sarah pendait entre ses mains comme une sorte de tige caoutchouteuse. Ses lunettes glissèrent et tombèrent par terre à côté du pendentif. Elle tenait un pistolet serré dans sa main.

— Sarah ! hurla Ariel en enfonçant ses ongles dans sa chair froide. Sarah, *je t'en prie* ! Réveille-toi. Réveille-toi !

Rien.

Le parchemin ne disait pas ça. Ce n'était pas...

Mais les mots de la prophétie lui revinrent en mémoire, aussi clairement que si elle les lisait dans le carnet de Sarah : « *Le Démon et l'Élue seront tous deux affaiblis... Le combat sera acharné, mais la victoire indécise.* »

Les yeux d'Ariel se remplirent de larmes. Sarah avait prévu ça, hein ? Voilà pourquoi elle était partie sans rien dire. Et pourquoi elle avait confié à Ariel son carnet, la traduction de ce parchemin magique vieux de trois mille ans. Elle *savait* qu'elle allait mourir... même avec le collier. Rien ne pouvait empêcher que les prophéties se réalisent.

— Pourquoi ? gémit-elle en s'effondrant contre le corps de Sarah. Pourquoi tu n'es pas restée avec moi ? Pourquoi ?

Elle demeura immobile un long moment — à l'affût du moindre signe de vie.

Mais Sarah était aussi inanimée que le plancher sur lequel elle gisait.

C'était donc fini. Sarah ne vivait plus. Ariel avait tout perdu. *Tout.*

Tel un fluide empoisonné, cette idée s'infiltra en elle dans toute son horreur. Elle ne pouvait pas la nier. Elle avait même perdu sa pire ennemie. Jezebel était morte elle aussi — ou Lilith, ou... peu importait sa véritable identité. *C'est fini. Ma vie est finie*. Tout le monde était mort — ou avait disparu, comme sa meilleure amie Leslie, comme son copain Caleb... et comme tous ceux qu'elle avait connus avant ou après l'Épidémie. Elle était toute seule. Pour toujours. Il ne lui restait que le carnet de Sarah — et ses mystères non élucidés.

— Ne me fais pas ça, Sarah, supplia-t-elle d'une voix brisée. S'il te plaît, ne me fais pas ça.

Ses yeux se posèrent sur le collier. Leslie avait prévenu Sarah qu'il ne suffirait peut-être pas à la protéger. Elle avait précisé que Jezebel pourrait sans doute en inverser le pouvoir magique pour *détruire* Sarah. Apparemment, Leslie avait eu raison. À moins que ce collier n'ait jamais eu aucun pouvoir. Jezebel avait pu tout inventer pour semer encore plus la confusion.

Au fond, quelle importance ? Ce collier n'aurait plus jamais aucun pouvoir sur *personne*. Non. Jezebel — le Démon — était morte. Ariel ôta délicatement la chaîne du cou de Sarah, ramassa le pendentif, et les fourra dans la poche de son jean. Je vais m'en occuper, promit-elle en son for intérieur. Personne ne reverra plus ce collier. C'est lui qui t'a tuée, Sarah. Alors je vais m'assurer que…

— Ariel ?

Elle leva vivement la tête.

Deux silhouettes se découpaient dans l'encadrement de la porte. Un garçon et une fille…

Caleb et Leslie ? C'était une hallu ou quoi ? Elle venait juste de penser à eux…

Ils ne peuvent pas être réels. Je ne les ai pas vus depuis des semaines.

On aurait dit les images d'un rêve… sans doute une réaction hystérique au stress et à l'horreur. Caleb portait un vieux jean style rappeur… De longues mèches retombaient sur son beau visage triste. Et Leslie était aussi sombre et superbe qu'une star de cinéma, ses boucles brunes flottant de façon envoûtante dans la brise.

Un sentiment de tristesse lourd comme une chape de plomb s'abattit sur Ariel. Elle s'était tant de fois disputée avec sa meilleure amie. Pour des raisons idiotes — la plupart du temps parce que Leslie était jalouse de son amitié avec Sarah. A présent ces disputes semblaient lointaines et vaines, comme si elles concernaient deux autres personnes dans une autre vie. La seule chose qui comptait, c'était que Leslie soit là.

— Qu'est-ce qui s'est passé ? souffla Leslie.

Ariel ne put que secouer la tête d'un air impuissant.

— Tu es blessée, Ariel ? s'inquiéta Caleb en s'accroupissant près d'elle. On t'a tiré dessus ?

Tiré dessus. Ces mots semblaient n'avoir aucun sens. Elle regarda Caleb d'un air hébété alors qu'il la prenait dans ses bras, l'écartant du corps sans vie de Sarah. Ses mains étaient chaudes, elle sentait son souffle sur son visage.

— Qu'est-ce que vous faites ici ? parvint-elle finalement à articuler.

— On est venus te chercher, murmura-t-il en la serrant fort contre lui, plongeant tendrement la main dans ses cheveux emmêlés et crasseux. On voulait s'excuser pour tout et… mon Dieu, Ariel, qu'est-ce qui…

Les mots s'étranglèrent dans sa gorge.

— Je le savais, soupira Leslie, tremblante. Je *savais* qu'un malheur allait arriver. Je te l'avais dit, Caleb, hein ? J'ai vu Jezebel s'enfuir du Old Pine. Elle était armée. Elle est venue ici pour commettre une folie…

— Raconte-nous ce qui s'est passé, Ariel, intervint Caleb en s'écartant un peu d'elle pour la regarder dans les yeux. Tu étais là ?

Elle secoua de nouveau la tête.

— Je… je… les ai juste trouvées comme ça, balbutia-t-elle, les joues baignées de larmes. Je suis arrivée il y a environ cinq minutes. Elles se sont entre-tuées…

— Je ne comprends pas, marmonna Leslie, son regard passant d'un corps à l'autre. Comment ont-elles pu mourir ? Ce n'étaient même pas des *personnes* ! C'étaient pas des sortes de… créatures surnaturelles ? Mais où est passé le collier ? Tu disais qu'il la sauverait !

Ariel regarda un bref instant son amie. Elle ouvrit la bouche, puis se ravisa. Mieux valait ne pas lui dire la vérité. Non. Leslie voudrait peut-être récupérer le collier. Le porter. Et même si le Démon était mort, le collier pouvait encore posséder des pouvoirs néfastes…

— Eh bien ? demanda Leslie.

— Je n'étais pas là, répondit finalement Ariel. Je ne sais pas où il est.

Elle baissa les yeux sur Sarah.

— En revanche, je sais pourquoi elles sont mortes. Sarah disait que les prophéties concernant ce cycle lunaire se réaliseraient forcément. Mais, mais…

— Mais quoi ? la pressa Caleb.

— Quelque chose m'échappe. Les prophéties ne sont pas terminées. Il reste deux cycles lunaires dans le parchemin. Deux mois à passer.

Les yeux de Caleb s'écarquillèrent.

— Jusqu'à *quoi* ? questionna-t-il.

— Je ne sais pas. Mais d'autres trucs étaient censés se produire. Quelque chose de vraiment grave se préparait.

— Ce qui veut dire ? insista Caleb.

Ariel haussa les épaules. Elle ne répondit pas. Elle ne le *pouvait pas*. Seule l'Élue le pouvait.

— Vous voulez savoir ce que je pense ? murmura Leslie avec une pointe de colère en désignant les deux cadavres. Je pense que tout est terminé. Plus aucune prophétie ne se réalisera, parce que l'Élue et le Démon sont morts. Quelle que soit la catastrophe qui se préparait, elle a pris fin ici.

J'aimerais que ce soit vrai, répliqua Ariel en son for intérieur.

Mais cet étrange sentiment de danger — l'innommable peur qui s'était emparée d'elle en avril et ne l'avait plus lâchée depuis — était encore en elle, profondément enfoui sous la tristesse et la colère. Et le sinistre nuage noir planait toujours au-dessus de leurs têtes…

— Réfléchis, poursuivit Leslie. Sarah disait que presque toutes les prophéties concernaient directement le Démon et l'Élue. *Presque toutes*. Alors sans les deux principaux protagonistes, plus aucune prophétie ne peut se réaliser, non ?

Assez cohérent. Leslie avait peut-être raison. Ariel avait lu les prophéties se rapportant aux deux derniers cycles lunaires. Le Démon et l'Élue y étaient décrits comme s'ils vivaient encore. Sarah savait peut-être que le seul moyen d'empêcher le pire d'arriver — quel qu'il soit — était de mettre un terme à la vie du Démon. Et à la sienne. Les prédictions du parchemin n'auraient plus aucun sens si l'Élue et le Démon n'existaient plus.

— Vous voyez ce que je veux dire ? demanda Leslie.

— Ouais, souffla Caleb. Je vois.

Ariel commença à hocher la tête.

— Elle est venue ici pour tout stopper.

— Exactement, confirma Leslie en se penchant pour les enlacer tous les deux. Je sais que ça a l'air dingue… mais, en un sens, c'est la meilleure chose qui pouvait arriver. Sarah a pris son destin en main. Le destin de *tous*. Elle savait que le Démon était déjà vaincu, parce qu'on avait trouvé l'antidote contre l'Épidémie. Qui sait ? Il fallait peut-être que *toutes* les prophéties se réalisent pour que le Démon soit totalement vainqueur. Alors Sarah a fait en sorte de rendre cette issue impossible.

— Pourquoi… souffla Caleb en secouant la tête.

Ariel aurait voulu dire quelque chose — *n'importe quoi* — mais elle en était incapable. Elle était trop accablée, trop malheureuse. Leslie devait avoir raison. Son explication donnait un sens à l'inacceptable.

— Je garderai vivante la mémoire de Sarah, promit solennellement Leslie. Chaque habitant de cette planète saura ce qu'elle a fait pour eux. Elle continuera à vivre dans leur esprit. Pour toujours. Personne ne l'oubliera jamais.

Ariel enfouit son visage contre l'épaule de son amie et laissa libre cours à ses larmes.

— Non, jamais, murmura-t-elle.

Le onzième cycle lunaire

Le caméléon humain avait donné sa dernière représentation, la plus belle de toutes.

Au fil de ces longs mois, Naamah s'était découvert un prodigieux talent : celui de l'improvisation. Quel dommage que ce don ne lui soit d'aucune utilité dans la Nouvelle Ère ! Le comportement inconstant de Harold l'avait si bien affûté.

Une fois de plus, elle avait réagi avec maestria à une crise potentielle... en décidant la mort de Harold.

Quel garçon merveilleusement abject ! Sa répugnance à son égard avait pris une ampleur telle qu'elle éclipsait tout le reste. Comme il avait vite oublié sa propre peur ! Admirable ironie. Il parlait avec mépris de manque de mémoire — quand lui-même ne pouvait même pas se rappeler sa crise de terreur, il y avait seulement une semaine de cela... quand il avait découvert Linda Altman sur cette route éclairée par la lune, odieusement défigurée.

Mais le plan de Naamah avait failli se retourner contre elle. Ses fausses blessures étaient trop épouvantables, trop convaincantes — même pour un ancien étudiant en médecine. Du trop beau travail, en fait. Sa nouvelle laideur avait presque poussé Harold à l'abandonner... tout comme sa beauté — contre toute logique — avait failli le faire peu de temps auparavant.

Mais désormais, Linda Altman avait retrouvé l'affection de Harold.

Naamah sentait la victoire approcher. Elle avait drogué Harold, s'était débarrassée de son maquillage, et il s'était réveillé avec la certitude de l'avoir guérie et de lui avoir rendu sa beauté. Mieux encore, il considérait cette « guérison » comme marquant l'apogée de son accomplissement — la preuve irréfutable de la toute puissance de ses pouvoirs divins.

Naamah ne craignait donc plus de pécher par excès de confiance. Elle pouvait se délecter de son triomphe. Pendant les deux semaines à venir, elle s'emploierait à guider Harold au cœur des majestueuses forêts du mont Rainier — à la rencontre de ces fidèles qui n'avaient pas encore entendu parler de l'antidote, ceux qui avaient encore besoin d'être sauvés.

Harold ignorait l'existence de l'antidote.

Et il ne la découvrirait jamais. Les semaines d'isolement avaient renforcé son ignorance. Même s'il apprenait la vérité, il n'y croirait pas.

Et, par chance, personne sur cette montagne n'était en mesure de la lui apprendre.

Non… Le Lilum avait dégagé le terrain. Elles étaient arrivées tôt sur la montagne, éliminant tous ceux qui pouvaient poser un problème, puis, elles s'étaient mélangées discrètement à la foule des fidèles qui continuaient d'affluer — à l'affût du moindre signe de menace. Mais il n'y en avait eu aucun. Tous ceux qui avaient pris l'antidote avaient été assassinés et évacués, leurs corps brûlés dans les feux de camp dispersés à travers la montagne, en offrande à Lilith.

Étrangement, Lilith n'avait pas encore réagi aux sacrifices. D'ordinaire, il y avait un signe d'approbation, un subtile indice montrant qu'elle était satisfaite du travail de ses servantes. Mais il y avait sans doute une très bonne raison à ce silence — une raison que Naamah ne connaîtrait jamais. Lilith se trouvait encore très loin. Elle était occupée à ses propres tâches. Des tâches qui s'achèveraient bientôt. Très bientôt…

CHAPITRE TROIS

Novembre

Parc national du mont Rainier,
Washington.
Les 5 et 6 novembre.

JOHN PORTER s'était trouvé un nouveau surnom : « L'Homme invisible ».

Plus la montagne se peuplait, moins on le remarquait. Il n'était qu'un pauvre type aux cheveux longs parmi un millier d'autres, un visage crasseux parmi un millier d'autres — tous paumés, attendant tous que quelque chose se produise, tous pareils. Le flip intégral. Alors il s'était mêlé à la foule et avait disparu. Plus besoin de se cacher dans les arbres comme un chimpanzé. Plus besoin de ramper dans la boue sous les broussailles comme un serpent. Il pouvait de nouveau se comporter en être humain. Il n'y avait plus rien à craindre.

Il était *hors de danger*.

Il lui avait tout de même fallu un bout de temps pour se détendre. Deux semaines. Mais curieusement, les ténèbres lui reposaient l'esprit. Sans le soleil, il n'y avait plus de visions. Plus de douleur. Plus de mains invisibles lui frappant la nuque. Pour une fois, il se sentait à l'aise. Normal, même. Exactement comme quand le monde lui-même était normal. La force qui le poussait vers Babylon ne se manifestait plus. Il avait presque oublié tous ces flashes délirants — le bébé avec un œil marron et un œil vert, la falaise surplombant l'océan…

Presque.

C'était assez bizarre. Il ignorait *pourquoi* le soleil avait une influence sur ses visions. Il savait juste que c'était lié. De toute façon, il s'en tapait. Il n'avait que deux désirs. Trouver Julia et se tirer de cette montagne. Mais pour ça il devait rester en vie suffisamment longtemps, ce qui signifiait éviter les gonzesses en robe noire.

Mais elles ne me trouveront jamais.

Au début, il était resté caché, tapi dans les bois aux abords des feux de camp, cherchant à repérer des indices en écoutant les conversations : une fille avec un étrange accent, par exemple ; une fille parlant de « prendre son pied tant qu'il en est encore temps ». Mais si la troupe de cinglées adoratrices du Démon traînait par ici, il l'ignorait encore.

Elles étaient peut-être parties rejoindre Ariel… ou Lilith — peu importait son foutu nom. Ou bien elles s'étaient fondues dans la foule, comme lui. Obligé, non ? Elles n'allaient pas se mettre à danser la farandole avec leur accoutrement ridicule, en racontant à tout le monde comment elles avaient bluffé Harold Wurf. Elles étaient trop futées pour ça. N'empêche que c'était quand même la plus grande escroquerie de l'Histoire, avec tous les ados de la terre dans le rôle du couillon.

Tous sauf l'Homme invisible.

— Vous connaissez la nouvelle ? criait quelqu'un. Il est ici ! L'Élu est ici !

Et vlan, c'était reparti.

John était installé devant un gigantesque feu de camp, au milieu d'une vingtaine d'autres jeunes qui essayaient de ne pas crever de froid dans cette interminable nuit montagnarde. Il n'avait pas particulièrement envie de bouger. Pas pour une fausse alerte. C'était cyclique. Environ toutes les deux ou trois heures, quelqu'un se mettait à brailler que l'Élu était enfin arrivé. Ça lui filait les boules. On aurait dit une bande de gosses de cinq ans attendant le clown au cirque.

Mais avant qu'il ait pu bouger un cil, tout le monde s'était levé.

— Le voilà ! Il vient par ici !

— Allez, le pressa une fille en le saisissant par la main et en l'extirpant du magma de jambes gigotantes. Il est là, tout près…

— Je suis venu vous guérir ! clama une voix par-dessus les cris de joie et le grondement des flammes. L'heure de gloire a presque sonné. Vous êtes mon Peuple Élu !

Harold. Pas de doute. Impossible de ne pas reconnaître ce ton mielleux d'animateur de colo pour débiles profonds. John se libéra vivement de la main de la fille. *Julia*. Il tendit le cou, mais ne vit qu'un océan de têtes. *Merde*. Il devait se débrouiller pour voir quelque chose. Parce que si Harold était ici — vraiment *ici* —, alors Julia ne devait pas être bien loin.

Sans plus réfléchir, il se fraya un passage dans la foule, en direction des bois. Une fois là, il passa rapidement en revue les arbres qui l'entouraient, cherchant lequel ferait le meilleur poste d'observation… *celui-là*. Le tronc était épais ; les aiguilles de pin le protégeraient des regards, au cas où un curieux passerait par là. Il sauta et agrippa une des branches, puis balança ses jambes autour du tronc — et se hissa comme un singe. L'écorce rugueuse lui écorchait les mains, mais il s'en moquait. Il était devenu assez bon à ce petit jeu.

Il grimpa aussi facilement que s'il montait à une échelle… jusqu'à une branche assez haute et solide. Il s'y percha et regarda…

Nom de Dieu ! C'est bien lui.

Harold n'avait pas changé d'un poil. Même queue-de-cheval rachitique, même sourire bidon. Il portait encore cette ridicule blouse blanche de labo. C'en était presque comique. Ils s'agitaient tous autour de lui comme l'eau des chiottes quand on tire la chasse. Même d'ici, avec les branches qui gênaient la vue et la faible lumière, il pouvait voir que Harold en profitait pour reluquer les nanas. L'Élu n'avait vraiment pas changé.

Après avoir assuré sa prise, John se pencha en avant. Il scruta la masse obscure de la foule à la recherche de Julia… mais il ne la vit nulle part.

Linda, par contre, était ici. Juste à côté de Harold. Elle l'enlaçait. *Ça,* c'était vraiment drôle. Le pauvre con ne se doutait pas que sa blonde favorite faisait en réalité partie de la clique de Lilith…

Mais où était donc Julia ? C'était mauvais signe. Peut-être était-elle à la traîne ou…

— Je suis venu vous délivrer un message ! brailla soudain Harold.

La foule devint silencieuse. John retint son souffle.

— Dans deux semaines, un événement extraordinaire aura lieu, proclama Harold. Le nuage disparaîtra. Le Démon qui rôde sur notre planète sera détruit. Et ce jour-là, je veux que vous soyez tous rassemblés sur le flanc ouest de cette montagne.

Il brandit un poing en l'air.

— Là, je vous offrirai la vie éternelle !

Une ovation délirante s'éleva de la foule.

Je crois que je vais dégueuler, pensa John. Comment ces mômes pouvaient-ils être aussi bouchés ? « Pathétique » aurait été un mot trop faible pour les décrire — surtout après avoir constaté à quel point les talents de Harold avaient fait leur temps. Mais il était vrai qu'il n'avait plus besoin de se creuser la cervelle pour faire impression. Ces pauvres crétins croyaient déjà en lui. Il pouvait leur raconter ce qu'il voulait.

Bon. Pas la peine de se prendre la tête avec ça. John devait agir. Vite. Il devait coincer Harold — à l'insu de Linda — et l'interroger sur Julia. Ouais. Le tout était d'éviter Linda. Heureusement qu'elle le croyait mort, réduit à l'état de flaque noire sur le sol de la cave de Harold, au fin fond du Texas.

Parce que si elle découvrait la vérité, il n'en aurait plus pour longtemps.

Une journée entière passa avant que Linda lâche enfin les baskets de Harold. En tout cas, John trouva ça aussi long qu'une journée — mais impossible de le savoir dans cette obscurité constante. Elle avait sûrement besoin d'aller aux chiottes. Il y a des choses qu'on ne peut faire que seul, qu'on le veuille ou non. John savait qu'il ne disposait pas de beaucoup de temps. Mais il ne lui en fallait pas beaucoup. Trouver Julia et se tirer : c'était l'essentiel de son plan. Ah ouais, et aussi dire à Harold qu'il *n'était pas* l'Élu. Qu'il était en fait un pauvre nul. Un pion sur le point de se faire dégommer. Ça, ça serait le pied intégral.

John avait longuement réfléchi à la manière de lui balancer la nouvelle. La scène avait défilé non-stop dans sa tête alors qu'il suivait Linda et Harold, protégé par l'obscurité et par ces bandes de débiles…

Et maintenant, il tenait sa chance.

Harold s'était écarté de ses fidèles pour parler avec un groupe de filles, dans une clairière jouxtant le sentier — assez loin des lueurs des torches et des lampes de poche. *Parfait*. John se fraya un chemin dans la foule jusqu'à se retrouver juste derrière lui, à environ deux mètres.

Les filles tournèrent vers lui un regard intrigué.

— Salut, Harold, murmura John. Devine qui te colle aux fesses ?

Harold fit volte-face… et blêmit. Sa bouche s'ouvrit comme celle d'un poisson mort. Ses yeux semblèrent jaillir de leurs orbites. Visiblement, il était secoué.

— Toi ! s'étrangla-t-il.

— Moi, répondit nonchalamment John.

Il sourit, jetant un bref coup d'œil alentour, au cas où Linda aurait la mauvaise idée de se pointer. Pas de Linda en vue. Il fit signe à Harold de le suivre.

— On va faire un p'tit tour.

Harold ne bougea pas.

— M… mais, bégaya-t-il en secouant la tête.

Les filles échangèrent des regards affolés.

— Magne-toi, aboya John en l'agrippant par le bras avant de l'entraîner dans la forêt. J'ai pas de temps à perdre.

— Hé ! cria une des filles. Ne…

— Toi, la ferme ! T'en fais pas, je te le ramène dans dix minutes.

Harold le suivit sans mot dire. Étonnant. Le gus n'opposait aucune résistance. Un vrai jeu d'enfant. Il devait s'imaginer que John était un fantôme ou quelque chose de ce genre. Et puis, il ne savait pas se servir de ses poings — du moins pas à la connaissance de John.

— Je… je croyais que tu étais mort, dit finalement Harold d'une voix blanche. Comment as-tu…

— C'est *moi* qui pose les questions, grogna John en se frayant péniblement un chemin parmi les branches.

On y voyait comme dans un four. Il regarda par-dessus son épaule, mais personne ne les suivait. Les voix et les lumières leur parvenaient à peine, maintenant.

Il s'arrêta brusquement et se tourna vers Harold.

— Où est Julia ?

Mais Harold continuait de secouer la tête d'un air ahuri.

— Explique-moi ce qui se passe, John, souffla-t-il d'une voix tremblante. Comment peux-tu être ici ? Tu t'étais désintégré dans ma cave…

— Disons plutôt que tu *croyais* que je m'étais désintégré dans ta cave, rectifia John en gloussant. Surprise, surprise. Même un génie comme toi peut se faire avoir, hein, Harold ?

— Mais… mais… comment as-tu *fait* ?

— C'était pas sorcier, répondit John avec un haussement d'épaules. J'ai juste trempé mes fringues dans de la bouffe pourrie et je me suis barré par le trou qui me servait de chiottes.

— Impossible, murmura Harold comme s'il s'adressait à lui-même. Personne n'aurait pu…

— Faux, le coupa John en le poussant brutalement contre un arbre. Alors, où est Julia ?

Harold se redressa. Ses traits se déformèrent de rage.

— Ne me touche pas ! hurla-t-il.

— Crois-moi, j'en ai aucune envie. Alors, réponds à ma question.

— Elle est morte.

Morte. Le mot se répercuta dans sa tête. Morte. C'était impossible, absolument impossible…

— Tu mens.

— Pourquoi te mentirais-je à propos de Julia ? Je l'aimais autant que toi, tu te souviens ?

Espèce de salopard !

— Je te donne une autre chance, dit John, sa voix sonnant faux à ses propres oreilles. Dis-moi où elle est.

— Ou bien ? grogna Harold. Tu me cogneras ? Je n'ai qu'à appeler, et mes fidèles te réduiront en bouillie en quelques secondes.

John sentit sa confiance faiblir. Qu'est-ce qu'il s'imaginait ? Harold avait raison. Ces fanatiques lui régleraient son compte avec joie rien que pour faire plaisir à Harold.

— Écoute, John, je ne *sais pas* ce qu'elle est devenue, déclara Harold au bout d'un moment. Je sais seulement que le Démon l'a possédée et qu'elle a disparu dans un tremblement de terre. C'est la vérité. On peut donc supposer sans trop s'avancer qu'elle est morte.

— Qu'est-ce que ça veut dire « le Démon l'a possédée » ?

Harold éclata de rire.

— Elle est devenue hérétique, comme toi. Et tous les hérétiques meurent tôt ou tard. N'as-tu donc rien appris sur la Terre Promise ?

John inspira profondément. Soulagé. Julia s'était sûrement échappée. Harold ne l'avait pas vue mourir. Il y avait donc une chance pour qu'elle soit en vie. Et en plus, elle avait enfin découvert la vraie nature de Harold. Elle savait que John disait vrai.

— O.K., Harold. O.K.

Il recula et jeta un regard vers la clairière. Toujours pas de problème en vue. Il ne lui restait plus qu'une chose à faire : retourner vite fait à Babylon. Parce que si Julia s'était échappée à temps, ses visions l'avaient conduite là-bas. Son cœur se serra. Dire qu'elle y était peut-être depuis longtemps déjà — à moins que l'obscurité ne l'ait empêchée de trouver son chemin.

— Tu peux encore te joindre à moi, tu sais, proposa Harold avec son sourire de saint magnanime. Il n'est jamais trop tard pour se repentir. Tu sais… j'aimerais vraiment te haïr, John, mais je n'y arrive pas. L'Élu ne connaît pas la haine. Et tu es plutôt intelligent pour un hérétique. Personne d'autre n'aurait pu me duper comme tu l'as fait.

John le regarda avec une pointe de pitié.

— Tu n'es pas l'Élu, Harold.

Marrant. Il attendait de dire ça depuis des jours, des *semaines* même — mais là, il était tellement impatient, il en avait tellement ras le bol, qu'il n'appréciait même plus.

— Parole d'hérétique, répliqua Harold.

— Non — parole d'Élue. La *véritable* Élue. Je l'ai rencontrée. Le Démon, aussi.

Harold éclata de rire à nouveau.

— Oh, *vraiment* ?

— Écoute, mec, j'essaye de t'aider, s'impatienta John. Tu n'es qu'un pion, Harold, et tu ne le sais même pas. Le Démon *veut* que tu te prennes pour l'Élu. Tous tes miracles ? C'était lui. Comme quand tu as cru chasser les criquets de ta ferme…

— Ça suffit comme ça, John, l'interrompit froidement Harold. Je n'ai pas à recevoir de leçons de ta part. Tu n'es pas intelligent *à ce point*.

— A toi de voir.

— Harold ?

La voix de Linda, encore lointaine, leur parvint entre les arbres.

— Harold, où es-tu ?

Bon. Il était temps de filer.

— Je me méfierais de Linda si j'étais toi, lui conseilla-t-il en reculant. Elle te roule dans la farine, mec. Toi et toute ta fichue clique.

Mais Harold balaya son avertissement d'un geste dédaigneux.

— Allez, tire-toi. Tu mourras bien assez tôt. Comme tous les hérétiques.

— Harold !

— Je suis là !

Il y eut un bruissement dans les arbres.

— Tu te souviendras de moi, souffla John en continuant de reculer. Tu te souviendras de ce que j'ai dit. Mais il sera trop tard.

Avant que Harold ait pu répondre, John pivota et disparut dans la forêt. Il avait eu ce qu'il voulait. Si Harold tenait vraiment à rester dans ce merdier, c'était *son* problème.

CHAPITRE QUATRE

Novembre

Institut de technologie de Washington, Babylon, Washington.
Du 7 au 10 novembre.

— ARIEL, tu ne veux vraiment pas venir avec nous ? murmura Leslie.

Ariel secoua la tête. Elle devrait aider les autres à se charger des corps de Sarah et de Jezebel. Ils se trouvaient dans sa maison, après tout. Et ça lui procurerait un certain soulagement, un sentiment d'achèvement... Mais elle en était incapable. Elle ne pouvait pas se résoudre à quitter le campus — elle ne pouvait même pas bouger. Elle était assise sur cette pelouse depuis une éternité... immobile comme un légume. Il lui suffisait seulement de penser à cette scène sanglante dans son hall d'entrée pour sangloter pendant des heures. Non. Pas question qu'elle retourne chez elle. Il se pourrait bien quelle n'y remette plus jamais les pieds.

— Qu'est-ce que vous allez faire des corps ? soufflat-elle, le regard vide fixé sur l'obscurité.

Leslie poussa un lourd soupir.

— On va enterrer Sarah près de la falaise surplombant l'océan. C'est un endroit magnifique. Je crois qu'elle l'aurait aimé.

Ariel approuva de la tête.

— Et Jezebel ?

— Jezebel ? répéta Leslie avec une expression hargneuse. Ne t'en fais pas. On la jettera dans l'égout. Elle sera dans son élément.

Les jours s'écoulaient dans une sorte de brouillard épais. Ariel ne savait même pas ce qu'elle éprouvait. Elle aurait dû être heureuse — du moins *en partie*. Tout le monde faisait la fête à l'Institut. Et c'était peu dire. Des centaines de Visionnaires, de zonards et de parasites de toutes sortes faisaient la bringue comme s'ils venaient juste d'être libérés de l'esclavage. Et d'une certaine manière, ils avaient été libérés : de leurs visions, du Démon, des prophéties... et même de l'Épidémie. Ariel n'avait qu'à aspirer une bouffée du répugnant bouillon de bulbes pour s'en souvenir.

Sarah avait sauvé tous ces gens. C'était ce qu'elle avait toujours voulu.

Alors pourquoi tu ne peux pas te réjouir comme les autres ? Sarah aurait voulu que tu te joignes à la fête, non ?

Ariel passait le plus clair de son temps assise dans son coin, regardant les visages radieux autour des divers feux de camp, essayant de comprendre ce qui les séparait. N'étaient-ils pas un tout petit peu bouleversés par la *mort* de l'Élue ? Par le fait qu'ils venaient juste de l'enterrer ? Peut-être pas. Après tout, aucun d'eux ne la connaissait vraiment... aucun d'eux sauf Ariel. La plupart la craignaient, en fait. Ils avaient gardé leurs distances. À leurs yeux, elle était davantage une figure de proue qu'une personne réelle, une créature susceptible d'inspirer de l'admiration, de la peur et de la gratitude, mais très peu d'affection.

Mais pour Ariel, elle était une personne réelle.

Non, plus que ça. Elle était une *amie*.

Au moins Leslie, elle, semblait-elle se démener pour honorer la mémoire de Sarah. C'était d'ailleurs assez bizarre : Leslie n'avait jamais porté Sarah dans son cœur. Mais, fidèle à sa promesse, elle allait de groupe en groupe, racontant comment Sarah s'était sacrifiée pour sauver le reste du monde. Leslie faisait juste ce pour quoi elle était le plus douée, évidemment : la communication. Sauf que là, elle servait une *cause*. Elle était devenue une sorte de prêcheur itinérant. Elle avait même poussé le zèle jusqu'à suggérer que l'horrible nuage noir dans le ciel était le signe que la planète entière souffrait encore de la mort de l'Élue. C'était incroyablement intense, totalement surprenant de sa part… et, pour tout dire, vraiment *touchant*.

Elle fait ça parce qu'elle se sent coupable de s'être disputée avec moi à propos de Sarah, pensait Ariel.

Mais elle gardait cette pensée pour elle. Les raisons ne comptaient pas. L'essentiel était que le plus de gens possible apprennent la vérité sur l'Élue.

— Fidèles ! L'Élu arrive ! Il guérit tous ceux qui croisent son chemin ! Allez l'attendre sur le versant ouest du mont Rainier ! Vous y recevrez sa bénédiction…

Leslie éteignit d'une chiquenaude la radio poussiéreuse. L'agaçante voix se tut. Elle regarda Ariel.

— Tu vois ? demanda-t-elle.

— Je vois quoi ? marmonna Ariel, adossée contre un mur.

Elle était tendue, mal à l'aise. Elle n'aimait pas traîner dans cet immeuble. Ça réveillait trop de souvenirs douloureux. Celui de son frère, par exemple. Trevor était tout de même mort ici. Comme son ancien petit ami, Brian Landau. Comme des tas d'autres gens. Elle-même avait failli y passer… Elle avait l'impression que les murs du laboratoire humide éclairé à la bougie se rapprochaient — expulsant l'air à l'extérieur, la faisant suffoquer. L'odeur nauséabonde de l'antidote s'infiltrait par le couloir. C'était à la limite du supportable. Elles avaient déjà entendu ce message radio. Plus d'une fois. Beaucoup plus. Ça n'avait rien d'un scoop.

— Quelqu'un se fait encore passer pour l'Élu, commenta Leslie. Ça ne te fiche pas les boules ?

Ariel haussa les épaules.

— Un peu. Mais on n'y peut pas grand-chose, ajouta-t-elle en se décollant du mur. Écoute, Leslie, je vais aller…

— Hé ! Réagis ! s'énerva Leslie. C'est important !

— Pourquoi ? maugréa Ariel.

C'était plus fort qu'elle, elle ne se sentait pas concernée. Tout ça la fatiguait.

— Quel que soit ce type, il n'ira pas bien loin en prétendant être l'Élu. De toute façon, Sarah disait que les messages radio faisaient partie du piège tendu par les serviteurs du Démon. Et le Démon est mort, pas vrai ? Alors plus la peine de s'inquiéter. On ne pourrait pas juste mener notre vie, maintenant ?

Leslie secoua la tête avec incrédulité.

— Mais ce… ce *type* prétend être Sarah ! s'étrangla-t-elle, révoltée. C'est comme s'il crachait sur sa tombe. On n'avait pas promis de dire au monde entier ce qu'elle a fait pour nous ? On n'avait pas promis de faire en sorte que sa mémoire vive à jamais ? Ce type est en train de tout saboter. Sarah elle-même ne l'aurait pas toléré. Elle aurait voulu qu'on aille au mont Rainier régler son compte à ce salaud.

Ariel eut un faible sourire.

— Je ne sais pas, Leslie. Sarah n'était pas exactement du genre à régler leur compte aux gens. Je crois que *tu* veux aller là-bas. Et je comprends. Mais je pense aussi sincèrement que si on ignore ce type, il finira par partir.

— Oh, arrête ! protesta Leslie, mais elle souriait aussi. Je croirais entendre ma mère. Nous le devons à Sarah. Nous le devons à nous-mêmes. C'est le *moins* qu'on puisse faire.

— Ouais, mais…

Ariel se mordit la lèvre, hésitant. Même si elle détestait se l'avouer, elle avait un peu peur de quitter la ville, de se rendre dans un endroit inconnu. Elle ne savait pas exactement pourquoi. Il n'y avait rien à craindre. Sarah avait tué le Démon ; elle avait vaincu l'Épidémie…

— Qu'est-ce qu'il y a ? demanda Leslie.

— Je ne sais pas, soupira Ariel. C'est juste que… Les prophéties pour ce mois-ci disaient que les serviteurs du Démon conduiraient le Faux Prophète à sa propre perte. Ça faisait peut-être référence à ces messages radio. Peut-être que ce truc est vraiment censé se produire.

Le sourire de Leslie s'évanouit.

— Mais les prophéties ne peuvent plus se réaliser, murmura-t-elle. C'est pour ça que Sarah…

— Je sais, je sais, marmonna Ariel. Écoute, je ne sais même pas de quoi je parle. J'ai juste ce drôle de pressentiment que je ne peux pas expliquer.

Elle inspira profondément.

— J'ai la certitude que quelque chose d'horrible va bientôt se produire. Ça fait longtemps que je ressens ça. Et c'est *encore* là. Même maintenant.

Leurs regards se croisèrent un moment.

Puis Leslie hocha la tête, son expression se radoucit.

Alors un miracle se produisit... une sensation de soulagement intense vint combler un vide à l'intérieur d'Ariel. Elle se rendit soudain compte qu'elle n'avait jamais parlé à personne de sa peur obsédante — pas même à Sarah. Pourquoi avait-elle tant redouté d'être sincère ? On aurait dit qu'une invisible connexion s'était rétablie — comme si elle s'était tout à coup souvenue de ce qui était à l'origine de l'amitié entre Leslie et elle. Elles pouvaient *communiquer*. Elles n'avaient pas à se cacher quoi que ce soit. C'était peut-être pour ça qu'elles avaient perdu tant de temps en chamailleries ces derniers mois. Elles avaient gardé trop de secrets.

— D'accord, Ariel, souffla Leslie. Je comprends pourquoi tu ne veux pas partir. Mais si le Faux Prophète est encore en piste, les serviteurs du Démon le sont peut-être aussi. Il y a de grandes chances pour qu'ils ne sachent même pas que Jezebel est morte. À moins que quelqu'un de Babylon ne le leur ait dit, je ne vois pas comment ils le sauraient.

Ariel ouvrit la bouche, mais aucun son n'en sortit. Elle baissa les yeux sur la radio. Leslie avait raison. Les serviteurs du Démon continuaient sûrement d'agir comme si Jezebel était encore vivante. Ça expliquerait la diffusion de l'émission. Qui savait ? En réalité, ni Ariel ni Leslie ne savaient vraiment ce qui se passait. Elles se débattaient toujours dans le noir le plus complet — avec pour seuls guides leur instinct et ce que leur avait dit la petite Sarah.

Il y avait tant de choses qu'elles ignoraient.

Ariel devrait peut-être se replonger dans la lecture du carnet de Sarah. Le lire *vraiment* — pas seulement le survoler. L'idée l'effrayait, mais les réponses à leurs questions s'y trouvaient sans doute...

— J'ai une idée, déclara Leslie.

Ariel leva les yeux vers elle.

— Laquelle ?

— Si tu restais ici ? Moi j'irai au mont Rainier. J'emmènerai avec moi tous les volontaires. Et pendant qu'on mettra la pâtée à ce Faux Prophète, tu auras le temps de récupérer. Tranquillement. Je... je sais que Sarah et toi étiez très proches. Ça doit être dur.

Sa voix se brisa. Elle renifla et se détourna.

— C'était... en quelque sorte ta meilleure amie...

— C'est toi, ma meilleure amie, l'interrompit Ariel maladroitement.

Elle baissa de nouveau les yeux.

— Tu l'as toujours été. C'est pour ça que je veux que tu restes. Affronter ce type peut être dangereux.

— Je sais, Ariel. Mais il faut absolument que j'y aille. Parce que j'ai été infecte avec Sarah. Je l'ai toujours été...

— Tu exagères, protesta Ariel.

Mais elle savait qu'elle essayait seulement de soulager la conscience de Leslie.

— Non, je n'exagère pas, répondit doucement celle-ci. Et peut-être… peut-être que j'étais jalouse de vous deux, comme tu l'as dit un jour. Je ne sais pas. Je sais juste que Sarah était l'Élue, et que je n'ai pas eu l'occasion de la connaître, ni de la remercier. Mais j'ai bien l'intention de me rattraper. Dès maintenant.

Ariel ne tenta pas d'argumenter. Impossible d'arrêter Leslie quand sa décision était prise. Ariel connaissait trop bien ce ton — cet air de défi entêté qui signifiait : « *Je me moque de ce que les autres pensent. Je vais le faire.* » En un sens, c'était l'une des facettes de sa personnalité qu'elle préférait. On aurait dit un miroir dans lequel elle voyait son propre reflet.

Sans un mot, Leslie se dirigea vers la porte — tête baissée, évitant le regard d'Ariel.

— Sois prudente, murmura cette dernière.

Leslie s'immobilisa, la main sur la poignée.

— Oui. Toi aussi.

Il y eut un instant de silence. Ariel retint son souffle — espérant désespérément une parole rassurante, un mot drôle, un sourire… *n'importe quoi.*

Mais Leslie n'ajouta rien de plus.

Elle ferma simplement la porte derrière elle, laissant Ariel à sa solitude.

DEUXIÈME PARTIE
Novembre

du 11 au 25 novembre

CHAPITRE CINQ

Novembre

Centre commercial Old Pine,
Babylon, Washington.
11 novembre.

CALEB WALKER devait prendre une décision. Et il *détestait* prendre des décisions. Surtout quand elles étaient importantes. Celles qui ne comptaient pas, du genre : « Je ne vais *pas* arrêter de fumer » ne lui posaient aucun problème. Mais pour le reste, il préférait qu'on décide à sa place. *Je pense que tu devrais faire ça, Caleb. Je pense que tu devrais faire comme tu le sens, Caleb. Tu ne crois pas ? Oui. Oui, je le crois.*

Sauf que là c'était différent. Et que, théoriquement, ça aurait dû être facile. Soit il allait au mont Rainier avec Leslie, soit il restait à Babylon avec Ariel. Une simple question de choix entre A et B. De toute façon, même s'il ne partait *pas* avec Leslie, elle ne serait pas absente bien longtemps, non ?

Non ?

J'ai vraiment besoin de boire un coup.

Il était revenu au centre commercial — et en particulier dans ce bizarroïde magasin de jouets — dans ce seul but. Il espérait dégoter de la gnôle. Bien entendu, il avait dit à Ariel et à Leslie qu'il devait récupérer certaines de ses « affaires ». Sûr. Quelles affaires ? Plus personne n'avait d'affaires ! À part les fringues qu'on avait sur le dos et les conneries qu'on trouvait en cours de route. Les filles savaient probablement qu'il mentait.

De toute façon, ça n'avait pas d'importance. Il avait bêtement oublié que toute la gnôle avait été bue. Jezebel et lui avaient fini le schnaps juste avant qu'elle le largue. Trop dommage. En un sens, d'ailleurs, c'était bien fait pour sa tronche. La justice divine ou quelque chose comme ça sans doute. Il ne *méritait* même pas un verre.

Il flanqua un coup de pied dans les bouteilles vides qui traînaient par terre. Elles s'entrechoquèrent bruyamment sur la moquette crasseuse. Bon Dieu, quel merdier ! Des bouts de bougies consumées étaient éparpillés partout. De grosses gouttes de cire pendaient des étagères, figées dans le vide comme des stalactites. C'était un miracle qu'il n'eût pas fichu le feu à tout le centre commercial. Il n'arrivait même pas à croire qu'il avait *vécu* ici pendant un mois — abruti d'alcool, jouant avec des figurines en plastique… et avec Jezebel. Il frémit.

Non, c'était elle qui avait joué avec lui.

Même juste une gorgée imbuvable de bière chaude…

Bon. Il n'allait pas chialer. Leslie serait bientôt là. Elle voulait prendre la route le plus tôt possible. Une bonne chose qu'il soit sobre. Pas vrai ? Il était *lui-même*, en pleine possession de ses moyens physiques et mentaux. Il jeta un œil dans l'un des miroirs déformants suspendus au mur du fond.

Mauvaise idée.

Il ne *ressemblait* pas à lui-même. On aurait dit un nain obèse avec une tête d'andouille d'un mètre de haut.

Un spasme nerveux contracta désagréablement son estomac. Cette image distordue de lui-même lui rappelait la toute première fois où Jezebel l'avait amené ici. C'était le 4-Juillet. Sa fête nationale préférée. Bière, bière, bière. Sauf qu'il n'en avait pas déniché une seule. Alors Jezebel l'avait soûlé au schnaps et lui avait montré ces miroirs. Puis elle était partie dans un délire, comme quoi ces miroirs lui rappelaient Ariel parce que — en gros — « tu penses regarder quelque chose, mais tu vois tout autre chose »... En fait, elle s'était comportée comme si c'était Ariel la sournoise. Comme si c'était Ariel le Démon. Et Jezebel était sacrément convaincante. Il l'avait crue, non ?

Le Démon.

Jezebel le Démon. Sarah l'Élue. Qu'est-ce que ça signifiait ? Personne ne le savait. Aucune de ces étiquettes ne semblait *réelle* — encore moins maintenant que Jezebel et Sarah s'étaient entre-tuées à coups de flingues. Les prophéties avaient-elles prédit qu'elles mourraient comme ça ? Comme les membres d'un gang dans un règlement de compte ? Caleb n'avait jamais été très calé en religion... mais ça n'avait quand même pas l'air tout à fait normal.

Évidemment, il ne savait même pas si cette fichue histoire avait quelque chose à voir avec la religion. C'était plus... plus quoi ? De la magie ? Du mystère ? De la science-fiction ?

Le plus bizarre, c'était que *lui* soit mêlé à ça. Caleb Walter. Un pauvre type de Seattle. Pourquoi ? Pourquoi avait-il été assez veinard (ou malchanceux) pour rencontrer le

Démon et l'Élue ? Et s'il avait vécu à New York, ou à L. A. ou quelque part en Australie ? Il n'aurait rien su de tout ça. La vie aurait été sacrément plus facile.

Mais peut-être que chaque région de la terre avait son propre Démon et sa propre Élue. Il y avait peut-être des milliers de jeunes comme lui — et comme Jezebel et Sarah — dispersés à travers le monde.

Ouais. Ça rendrait la chose beaucoup plus facile à avaler. Ça voudrait dire qu'il n'était pas si spécial que ça.

Qui voulait-il bluffer ? Il n'était pas spécial. Il le savait. Il l'avait toujours su. Il s'était juste trouvé au mauvais endroit au mauvais moment…

Des bruits de pas dans le couloir.

Merde. Pas le temps de prendre une décision avant l'arrivée de Leslie. Il pivota, scrutant la porte obscure au bout de l'allée.

— Caleb ? appela Leslie.

— Je suis là.

Elle apparut dans l'encadrement de la porte. Il baissa les yeux. Un seul regard sur cette minijupe noire suffisait à ranimer ce bon vieux sentiment de… culpabilité. Sacrée culpabilité. Elle était devenue comme une amie proche. Un pote fidèle.

— Tu as récupéré tes affaires ?

Il rit.

— Ouais. Ouais, je les ai.

— Qu'est-ce que j'ai de si drôle ?

Il secoua la tête.

— Rien.

Il leva les yeux vers elle.

Putain, qu'elle était belle. Même après de longs mois de lutte pour survivre, elle se débrouillait toujours pour soigner son look — quand tous les autres étaient devenus de vraies loques hagardes. Comme lui. Mais bon… se pomponner n'avait jamais été une priorité chez lui.

— Tu sais, Caleb… j'ai réfléchi.

Aïe ! Il se méfiait des gens qui réfléchissaient.

— Je ne pense pas que ce soit une bonne idée que tu viennes avec moi, déclara-t-elle. Tu devrais rester ici avec Ariel. Sinon elle sera toute seule. Tout le monde en ville est du voyage. Et après ce qu'elle vient de passer…

Elle inspira profondément.

— Ariel a besoin de toi, Caleb. C'est le moment idéal pour que vous preniez un nouveau départ tous les deux.

Caleb ne savait vraiment pas quoi dire. D'un côté, il était soulagé — primo, elle avait pris la décision à sa place ; secundo, il n'aurait pas à se battre avec les autres contre ce timbré du mont Rainier.

Mais d'un autre côté, il se sentait un peu piqué au vif. Bien sûr, il aurait dû accepter sans broncher le départ de Leslie. Après tout, c'était *Ariel*, sa copine… mais Leslie et lui avaient quand même partagé quelque chose. Plus d'une fois. Récemment. Il ne pouvait ignorer cette sensation désagréable au fond de sa poitrine — la sensation qu'il *perdait* quelqu'un.

— Et nous deux ? se surprit-il à demander.

Bon sang ! Il se sentit rougir. Pourquoi avait-il dit ça ? Il aurait dû la fermer…

— Écoute, Caleb… je sais qu'il y a quelque chose entre nous, murmura-t-elle. On le sait tous les deux. Mais ça ne sera jamais aussi fort que ce qu'il y a entre Ariel et toi. On le sait aussi tous les deux. C'est à cause d'*Ariel* que tu t'es cloîtré avec Jezebel pendant tout ce temps. Pas à cause de moi. Tu aimes cette fille, Caleb. Alors, je pense… eh bien, je pense que nous aussi nous devrions prendre un nouveau départ. Officiellement. En tant qu'amis.

Caleb déglutit.

— Et quand…

Il ne termina pas sa phrase. Il allait dire : « *Et quand on s'est planqués ici pour faire l'amour, il y a deux semaines ?* »

— Rien de ce qui s'est passé ne compte vraiment, dit Leslie, comme si elle avait lu dans ses pensées. Je veux dire… ce qui a eu lieu ici, ce n'était pas vraiment quelque chose de sexuel. C'était plus… je ne sais pas. Nous étions tous les deux seuls. Nous avions tous les deux peur. Tu comprends ?

Ouais. Il comprenait. Il avait pensé exactement la même chose.

Mais savoir tout ça ne l'aidait pas à accepter le départ de Leslie.

Leslie soupira. Elle le rejoignit et lui prit la main.

— Écoute… Je ne regrette rien. Mais il faut tourner la page. Ce sera notre petit secret. Une vieille photo de notre album personnel. Elle nous appartient, et on peut la regarder quand on veut. Mais ça fait partie du passé. Ça ne se reproduira pas.

Il acquiesça de la tête, regardant leurs doigts entremêlés. Il ne pouvait se résoudre à croiser son regard. Elle avait raison ; il savait qu'elle avait raison. C'était fini entre eux. Cette conversation le confirmait.

— Je veux que tu fasses quelque chose pour moi, Caleb, dit Leslie au bout d'un moment.

— Quoi ?

— Fais attention à Ariel, d'accord ? Essaye de lui sortir Sarah de la tête. Ne la laisse pas se plonger tout le temps dans son vieux carnet et dans ses affaires. Ces prophéties ne riment plus à rien.

Elle lâcha sa main.

— Ariel a besoin de vivre à nouveau sa vie. Elle a besoin de souffler. On en a tous besoin.

Tu l'as dit, répondit Caleb en son for intérieur.

Ils gardèrent le silence un moment. La gorge de Caleb était serrée. Ses yeux lui piquaient. Qu'est-ce qu'il avait ? Il était triste de voir partir Leslie ? Il avait peur ? Il ne le savait même pas lui-même.

Finalement, Leslie se tourna vers la porte.

— Je ferais mieux d'y aller. Ils m'attendent.

— O. K.

Elle lança un regard par-dessus son épaule.

— À bientôt, Caleb.

— À plus.

Elle se dirigea vers l'extrémité du couloir.

— Tu crois vraiment que courir après ce Faux Prophète résoudra quoi que ce soit ? lui lança-t-il.

— Ouais, répondit-elle sans se retourner. Je le crois vraiment.

CHAPITRE SIX

Novembre

Babylon, Washington.
Du 12 au 16 novembre.

12 novembre (Je crois qu'on est le 12.)

Voilà. C'est reparti.

Combien de fois ma vie a-t-elle radicalement changé depuis un an ? Une centaine de fois ? Un million de fois ? Je ne peux même plus en tenir le compte.

Mais ça ne devrait pas m'étonner. Le changement est normal. C'est même plutôt sain. Il faut faire avec. Comme Sarah l'aurait dit : « Qué séra séra. » (Je n'ai sans doute pas écrit ça correctement, mais tant pis. M. Wilson ne va pas ressusciter et noter mon orthographe. Quoique... Eh bien, justement, je ferai avec.)

Toujours est-il que Babylon ressemble à une ville fantôme. Caleb et moi sommes les seuls à avoir pris la décision de rester. Tous les autres ont suivi Leslie au mont Rainier. Tous. Il n'y a plus personne pour préparer l'antidote. La grosse cuve trône sur un tas de bois brûlé au milieu de la pelouse de l'Institut. Et tout autour, c'est une vraie décharge. Immonde. Ça me rappelle l'état de mon jardin après une bringue.

Au moins, ça ne pue plus.

13 novembre

Ces deux derniers jours ont été très bizarres. La ville déserte commence à me filer les jetons. Je suis retournée chez moi pour la première fois depuis la mort de Sarah et de Jezebel. Je suis surprise d'avoir réussi un pareil exploit. J'ai peut-être enfin commencé à faire mon deuil de Sarah. C'était si étrange, Caleb et moi dans cette maison vide. On a gardé le silence. Chacun plongé dans ses souvenirs.

Pourquoi ce sentiment de peur ne me quitte-t-il pas ? À cause du nuage noir ? Je ne sais pas. Je sais juste que j'aimerais vraiment que tout le monde revienne. Surtout Leslie.

J'aurais peut-être dû partir avec eux. Je me suis salement dégonflée. Leslie fait tout ça pour Sarah, et elle n'était même pas son amie. C'est moi qui devrais honorer sa mémoire.

Mais c'est pas avec des « je devrais » que j'arriverai à quelque chose, hein ?

14 novembre

J'arrive pas à y croire — je suis heureuse. Pas juste un peu, en plus. Je n'ai jamais été aussi heureuse qu'en ce moment. Je pourrais même me mettre à chanter. Enfin, peut-être pas. Je chante carrément faux.

Caleb est endormi à côté de moi. On vient de se parler comme on ne l'avait jamais fait. Il m'a dit tous ces trucs qu'il gardait pour lui. Comment il avait failli devenir dingue le mois dernier à force de chercher un moyen de prouver que je n'étais pas le Démon. Apparemment, il a passé beaucoup de temps avec Jezebel, pour essayer de la démasquer. Comment il a fait ça ? Il est si courageux. Il devait avoir une frousse bleue. En tout cas, moi à sa place j'aurais pété les plombs.

Il m'a aussi avoué qu'il se sentait coupable d'être sorti avec Leslie en avril. Je lui ai dit que ça ne comptait pas, mais il a dit qu'il regrettait et qu'il m'avait été fidèle depuis. Il est content qu'on soit seuls tous les deux. Pour lui, c'est une sorte de lune de miel romantique. Je rêve ! J'ai éclaté en sanglots et il m'a gardée un long moment dans ses bras. On n'a même pas fait l'amour. On ne s'est même pas embrassés. On a juste... je ne sais pas. Renoué.

Je me demande comment il peut dormir en ce moment. Je suis surexcitée, comme si j'avais bu huit tasses de café. Il est peut-être tard dans la nuit. Qui sait ? En tout cas, tant que Caleb est près de moi, je me fiche bien de revoir ou non le soleil un jour.

15 novembre

Une autre super conversation. C'est drôle. Voilà maintenant que je suis contente que tout le monde soit parti. Qui l'aurait cru ? J'ai l'impression que je suis en train de tomber amoureuse... du mec dont je suis déjà amoureuse. (Je sais que ça n'a pas de sens, mais je suis d'humeur guimauve. Je vomirai probablement en lisant ça demain.)

On a beaucoup parlé du fait de devenir adulte. Pour la première fois j'ai pu raconter ce qui était arrivé à maman. L'accident. Sans avoir envie de crier ou de pleurer ou de me faire du mal. Caleb me donne un tel sentiment de confiance, de bien-être. Comme si j'avais été une bouteille de soda agitée au maximum, dont le contenu ne demande qu'à jaillir, et qu'il ait simplement enlevé la capsule. Vlaf !

Je commence peut-être à accepter la mort de maman. Caleb dit que Trevor m'avait pardonné à ce sujet. Ça aide.

On a aussi un peu parlé de Sarah. Trop peu. Il a dit qu'elle lui manquait, et pas grand-chose d'autre. Il doit être encore sous le choc.

16 novembre

Aujourd'hui, j'ai décidé de feuilleter le journal de Sarah, juste pour voir. Elle m'avait demandé d'essayer de déchiffrer le code. Comme si j'avais une chance d'y parvenir...

Il y a encore des questions que je me pose. Je ressens toujours cette impression de menace, même si elle est moins puissante qu'avant, comme si... quelque chose ne tournait pas rond. Ce nuage noir est toujours dans le ciel.

Je n'ai pas pu lire très longtemps le carnet. Ça fiche les boules à Caleb. Il dit qu'il ne veut pas penser à ces trucs — la magie, les prophéties et le reste. Pour l'instant il n'a qu'une envie : tout oublier. Ce que je comprends.

Mais tôt ou tard je me pencherai vraiment sur ce qu'a écrit Sarah. Peut-être quand Caleb sera endormi — il n'a pas besoin de le savoir. Il faut que je le fasse. Je le dois à Sarah. Ce sera ma manière d'honorer sa mémoire, de me souvenir d'elle. Les autres peuvent bien traquer le Faux Prophète, moi je décoderai le parchemin.

Comme elle me l'a demandé.

CHAPITRE SEPT

Novembre

Nationale 90, près de Spokane.
Washington.
18 novembre.

LA ROUTE ÉTAIT TRÈS LISSE, mais même la plus petite bosse aurait envoyé une décharge douloureuse dans le ventre tendu de Julia Morrison. Elle était allongée sur la banquette arrière de la Range Rover — yeux fermés, mains posées sur son ventre proéminent, trempée de sueur. *Combien de temps encore ?*

Mon Dieu, aidez-moi !

Au moins cette torture ne durerait-elle pas éternellement. Plus que quelques jours. Bob, Ted et elle voyageaient depuis longtemps maintenant. Cette ville étrange — cet endroit appelé Babylon où l'Élue et le Démon étaient apparus — ne devait pas se trouver si loin que ça. Ils avaient déjà passé la frontière de l'État. De toute façon, elle risquait fort d'accoucher avant d'arriver à destination. Les neuf mois étaient presque écoulés. Elle devait se raccrocher à cette idée. C'était l'unique façon de tenir. Le bébé arriverait d'une minute à l'autre, maintenant. D'une minute à l'autre…

La voiture fit un bond.

Julia poussa un cri de douleur en s'arc-boutant. Pourquoi cela faisait-il si mal ? Était-ce normal ? Son enfant était-il en danger ? Elle regrettait presque de ne pas avoir Harold auprès d'elle — juste pour lui poser quelques questions. Non... elle ne souhaitait quand même pas ça. Cependant, Harold Wurf était encore ce qui s'approchait le plus d'un médecin sur cette terre. Et c'était *ça* qui l'effrayait le plus. Personne pour lui donner un conseil, personne pour soigner le bébé en cas de problème. Elle était livrée à elle-même.

— Désolé, marmonna Bob au volant. La route est moche par ici. Un vrai gruyère...

— Alors pourquoi tu ne lèves pas un peu le pied ? l'interrompit Ted.

La voiture commença à ralentir.

Julia s'efforça de respirer calmement. Bob et Ted. Ses chevaliers servants en ciré jaune. Les garçons qui avaient entendu parler d'une mystérieuse fille enceinte — la fille qui portait le bébé destiné à vaincre le Démon. Était-ce elle ? Ça semblait peu vraisemblable. Et elle ne savait toujours pas si elle pouvait se fier à ces types. Elle ne connaissait même pas leur nom de famille. Tout ce qu'elle savait, c'était qu'ils avaient fait un sacré détour pour la ramener à un endroit où ils ne voulaient pas aller... et que plus le voyage avançait, plus la tension entre eux augmentait.

Elle garda les yeux fermés. Elle aurait voulu trouver quelque chose à dire, à faire, pour détendre l'atmosphère — mais toute son énergie était mobilisée pour ne pas gémir de douleur. Peut-être devraient-ils tout simplement s'arrêter pour la nuit. Si c'était bien la nuit.

— Comment ça va derrière ? demanda Bob.

Julia humecta ses lèvres desséchées.

— Je… je crois que j'ai besoin d'une petite pause, balbutia-t-elle d'une voix enrouée. Si c'est possible.

— Sûr, répliqua Bob.

Il avait l'air préoccupé. Elle le sentait nerveux.

— Y a pas de problème ?

— Non, mentit-elle. Juste un peu de fatigue…

— Bob, fais gaffe ! hurla brusquement Ted.

Les freins crissèrent. Julia fut projetée en avant. Instinctivement, elle essaya d'amortir le choc en plaquant les mains contre le dossier des sièges avant. Mais elle tomba de la banquette. L'instant d'après, elle rebondissait comme une balle de flipper. Une horrible sensation de brûlure lui vrillait le dos. *Mon bébé ! Mon bébé !*

La voiture s'immobilisa brutalement.

— Putain de merde, grogna Bob.

Ted se retourna et se pencha vers elle, écartant ses longs cheveux de son visage.

— Julia ? Ça va ?

Elle ne pouvait pas répondre. Elle ne pouvait même pas respirer. Que s'était-il passé ? Elle gisait, immobile, coincée dans le creux entre les sièges, levant vers lui des yeux terrorisés.

— Quels crétins, gronda Bob. Je suis vraiment désolé.

Il baissa sa vitre.

— Hé ! Qu'est-ce que vous foutez au milieu de la route ?

— Qu'est-ce qui se passe ? réussit à articuler Julia.

Ted lui tendit une main pour qu'elle s'y agrippe.

— On a failli rentrer dans des gens, marmonna-t-il. Accroche-toi. Je t'aide à te relever.

Elle attrapa son bras. Avec un grognement d'effort, il la hissa doucement sur le siège arrière.

Comment se sentait-elle ? Elle n'en savait rien. Elle expira prudemment et tâta son ventre. Il n'était pas *trop* douloureux… mais elle ferait peut-être mieux de ne pas y penser. Non. Mieux valait se concentrer sur autre chose. Elle se pencha en avant et scruta l'obscurité au-delà du pare-brise. Plusieurs jeunes s'approchaient de la voiture. Leurs visages paraissaient blafards dans la lumière crue des phares.

— Désolé ! cria l'un d'eux. On ne s'attendait vraiment pas à croiser une voiture par ici…

— Vous venez d'où ? l'interrompit Bob.

Julia était inquiète. Ces jeunes étaient nombreux. Au moins une douzaine.

— De Babylon, répondit un garçon.

Babylon ?

— Hé… c'est *toi*, Bob ?

Bob sortit la tête par la fenêtre.

— David ? Qu'est-ce que vous fichez là, les mecs ?

— Et toi ? Je te croyais rentré chez toi ?

Ébahie, Julia passa la tête entre les sièges avant. La voiture était cernée, maintenant.

— Qu'est-ce que ça veut dire ? souffla-t-elle à Ted. Vous les connaissez ?

Ted haussa les épaules.

— Certains d'entre eux.

— On était presque rentrés, répliqua Bob. Mais on a trouvé la fille dont parlent les Visionnaires, ajouta-t-il en désignant Julia du pouce par-dessus son épaule. Tu sais, celle qui est enceinte…

— Non, non, intervint Julia en chuchotant.

Personne ne devait savoir. Ces inconnus pouvaient être liés à Harold, ou au Démon — ou être une bande de barbares qui n'hésiteraient pas une seconde à la tuer. Tout était possible. Ces longs mois de vie à l'état quasi sauvage lui avaient appris une chose : il fallait se méfier de tout le monde. *Tout le monde*. Sans exception. Elle devait agir comme John. Il ne s'était jamais fié à personne… à part elle.

— Qu'est-ce qu'il y a ? demanda Bob en tournant la tête vers elle.

Julia se recula vivement, baissant la tête pour essayer de se cacher derrière le siège.

— Ne lui dis pas mon nom, souffla-t-elle.

— Qui est dans la bagnole ? demanda le garçon en scrutant la vitre arrière.

— Euh… personne, balbutia Bob sans conviction. Alors, pourquoi vous vous êtes tirés, les mecs ?

Le garçon soupira.

— Parce que c'est fini.

— Qu'est-ce que tu veux dire ?

— L'Élue et le Démon sont morts. Tout le monde a quitté la ville…

Morts ? Julia ne pouvait pas le croire. Comment l'Élue pouvait-elle être morte ? C'était un sauveur. Un sauveur ne mourait pas. Et puis Julia avait *vu* l'Élue dans ses visions. Pas face à face, bien sûr. Mais elle lui avait parlé. Il était vrai qu'elle n'avait plus eu de visions depuis que le nuage avait oblitéré le soleil, mais ça ne voulait pas dire que…

— … tous les autres sont partis à la recherche d'un certain Harold Wurf, disait le garçon. Ils veulent le tuer.

— Harold Wurf ? s'écria Julia en se redressant sur son siège.

— Ouais.

Le garçon passa la tête par la vitre. Il avait les cheveux coupés ras, comme Bob — et son visage était poussiéreux, sillonné de rides profondes qui le faisaient paraître beaucoup plus vieux que sa voix ne l'indiquait. Une cicatrice barrait sa joue droite. Son regard était dépourvu de chaleur.

— L'Élue nous a dit que Harold Wurf était le Faux Prophète du parchemin. Pourquoi ? T'as entendu parler de lui ?

Surtout ne révèle rien.

— No… non, bégaya Julia. Non je n'ai…

Le garçon la scruta, le regard dur. Elle se rencogna dans son siège. Elle devait *réfléchir*. Ne pas paniquer. Même si elle se sentait totalement désorientée, même si elle avait soudain l'impression de nager à contre-courant dans une rivière en furie. *Le Faux Prophète du parchemin…* Quel parchemin ? Si le Démon était mort, que signifiaient ses visions ? N'était-elle pas censée apporter son aide pour *tuer* le Démon ?

— Y a un problème ? demanda Ted.

Julia regarda nerveusement autour d'elle. Tout le monde l'observait.

— Il doit y avoir une erreur, murmura-t-elle.

Le garçon haussa les sourcils.

— Comment ça ?

— Comment sais-tu que l'Élue est morte ? demanda-t-elle dans un souffle.

— Parce que j'ai participé à son enterrement, répondit le garçon sans émotion apparente. On a sorti son corps de chez une certaine Ariel, et on l'a enterré près d'une falaise surplombant l'océan.

Mon Dieu ! Une falaise surplombant l'océan... John avait vu un endroit similaire dans ses visions.

Alors l'Élue était peut-être vraiment morte. John s'était lui-même vu sur cette falaise... peut-être parce qu'il était lui aussi destiné à mourir. Ou parce qu'il était censé s'y rendre. Mais la mort l'avait empêché de réaliser ses visions. Julia avait soudain l'horrible certitude que ce garçon disait la vérité, que ses propres visions ne se réaliseraient jamais... qu'elle arrivait trop tard. Pas étonnant qu'elle n'ait plus senti la force qui la poussait vers l'ouest. Il n'y avait plus de cause à servir. La bataille avait déjà eu lieu — sans elle.

— Écoute, je sais pas ce qu'on t'a dit, mais c'est comme ça, reprit le garçon. L'Élue est morte. Pourquoi tu crois qu'il fait nuit depuis si longtemps ? La planète entière est en deuil. Ce nuage partira peut-être, ou il restera. J'en sais rien. Je sais juste qu'il n'y a plus de raison de rester à Babylon. On a cessé d'avoir des visions. On n'est plus poussés vers l'ouest. On a la recette de l'antidote contre l'Épidémie. Il ne nous reste plus qu'à essayer de continuer à vivre.

Julia le regardait avec ahurissement. Sa voix était morne, résignée — sans aucune trace d'espoir. Cela la terrifiait. Comment pouvait-elle continuer à vivre ? C'était donc cela le monde dont ils avaient hérité : un monde sans lumière, un monde où des bandes de jeunes déprimés erraient au milieu des ruines du passé, dépendant d'un remède pour rester en vie ? Elle ne l'accepterait pas. Non. Il devait exister autre chose…

— Qu'est-ce que t'en penses, Julia ? demanda Bob en tournant son regard vers elle.

— Je… je ne sais pas, murmura-t-elle.

— Tu sais ce que moi je pense ? intervint Ted. Je pense qu'on devrait faire demi-tour et retourner à Chicago. Ou à Springfield, peut-être. Un endroit où il y a l'électricité. Un endroit chaud et confortable où tu pourras accoucher…

— Non, l'interrompit Julia. Je dois… continuer. J'ai fait tout ce chemin… Ça n'est pas pour renoncer maintenant. Il faut que je voies cet endroit.

— Puisque je te dis qu'y a plus rien à voir, insista le garçon.

Bob et Ted échangèrent un regard.

— Tu veux *vraiment* aller jusqu'à Babylon ? demanda Bob.

Julia hocha la tête, sans un mot. Elle était incapable d'exprimer clairement ce qu'elle ressentait… elle savait seulement qu'elle n'avait plus personne vers qui aller. Elle ne pouvait tout simplement pas faire marche arrière maintenant. Derrière elle, à l'est, il n'y avait plus rien. Elle avait traversé les villes abandonnées, emprunté des routes désertées ; elle avait vu les hordes de gosses affamés au regard vide… des yeux *d'animaux traqués*. Un bébé n'avait pas sa place dans cet univers-là. L'ouest réservait peut-être encore quelques bonnes surprises. Elle ne renoncerait pas. Même si l'Élue était morte, même si elle ne se sentait plus poussée vers l'ouest — elle avait encore l'espoir qu'un monde meilleur l'attendait au bout de cette route.

— Je suis désolé, dit Bob avec un soupir. Mais je fais demi-tour. Tu peux descendre ici si tu veux. Mais il n'est pas question que je roule pour rien. Tu as entendu ce qu'a dit David. C'est fini.

Rien. Fini. Julia tressaillit, heurtée de plein fouet par l'inéluctable sens de ces mots. L'endroit où naîtrait son bébé ne comptait pas plus que le reste.

Cela n'avait tout simplement aucune importance. Rien n'avait d'importance. Absolument rien.

CHAPITRE HUIT

Novembre

187 Puget Drive.
Babylon, Washington.
23 novembre.

La transe nul. Tu écris est personne. Écarter et rater vivier rose.
23.11.99

Mâchouillant distraitement le bout de son stylo à bille, Ariel regardait avec perplexité le vieux carnet de Sarah. *Tu écris est personne ?* Ça ne voulait strictement rien dire. Un *code* était censé se cacher là-dedans ?

Son regard fatigué survola encore une fois l'énigmatique suite de mots. Ça faisait déjà au moins une heure qu'elle se creusait les méninges sur ce truc. Mais elle avait une bonne raison de le faire.

La date indiquée — 23.11.99 — était celle d'aujourd'hui.

Enfin… elle en était quasiment sûre.

Quel calvaire ! Elle devrait peut-être s'arrêter là pour le moment. De toute façon, Caleb n'allait pas tarder à se réveiller. Ça ne servait à rien de s'énerver là-dessus. Résoudre cette énigme était totalement inutile. Même si quelque chose était censé se produire aujourd'hui, ça ne *pouvait pas* arriver. Les prophéties ne valaient plus rien, maintenant. Avec une grimace de dégoût, elle relut la partie principale du texte. Heureusement que ce truc ne se réaliserait pas. Il était question du Démon qui « mangeait de la chair et buvait du sang ». Ariel avait toujours su que Jezebel était un monstre — mais quand même, du *cannibalisme* ? Grâce à Dieu, elle ne pouvait pas…

Du coin de l'œil, Ariel perçut un bref éclair dans la pièce.

Elle leva la tête. Tiens, quelque chose dehors ?

Un petit filet de lumière s'était glissé entre les rideaux tirés du salon, dessinant une ligne brillante sur la moquette. Oui, il y avait bien quelque chose dehors. Une voiture avait dû tourner dans leur rue. Mais qui… *Leslie*. Ça devait être elle. *Bien sûr !* Elle était de retour ! Le faisceau lumineux s'intensifia, éclairant à présent le rideau tout entier d'une lueur blanche.

— Hé, Caleb ! appela Ariel en posant le carnet.

Elle fourra le stylo dans sa poche et bondit du canapé.

— Bouge tes fesses ! Quelqu'un arrive !

Pas de réponse.

Ce mec avait vraiment un sommeil de plomb. Elle attendit un moment — guettant le moindre signe indiquant qu'il se levait — mais manifestement il était hors circuit. Ce qui était bizarre, c'est qu'elle n'entendait *rien*. Pas de moteur, pas de bruit de pneus sur le gravier, pas de coup de klaxon… rien. Si c'était une voiture, il n'y en avait pas de plus silencieuse…

Qu'est-ce qui se passe ?

La lumière était devenue si intense qu'elle la forçait à cligner des yeux.

Ça ne pouvait pas venir d'une voiture. Impossible. On aurait dit que le vieux rideau blanc avait été collé sur un projo hyperpuissant. Pour la première fois depuis longtemps, elle pouvait voir le salon dans toute son horreur : les taches de bière sur la table en verre, les marques sur le tapis… les légères traces de sang qui restaient encore dans l'entrée.

Et soudain, elle comprit. La lumière ne provenait pas de la rue, mais de quelque part *au-dessus* de la rue.

— Ariel ! cria Caleb depuis l'étage. Ariel !

Elle se précipita à la porte et l'ouvrit.

Ô mon Dieu !

Le soleil.

Ses rayons l'enveloppaient — chauds, aveuglants, puissants. Le choc la fit vaciller. Elle mit une main en visière au-dessus de ses yeux. Le nuage noir avait disparu. Quelques traînées grises finissaient de se désagréger… dans un ciel d'un bleu éclatant.

La nuit est finie. C'est fini…

Au bout d'à peine quelques secondes, la luminosité devint insoutenable. Elle ferma les yeux. La chaleur sur son visage lui faisait l'effet d'une sorte de baume magique — la remplissant d'une vitalité nouvelle. Elle avait l'impression d'être un papillon émergeant de son cocon. Elle avait envie d'éclater de rire. C'était l'été. Novembre n'avait jamais été *aussi* chaud, non ?

Des pas résonnèrent dans l'escalier.

— Le soleil ! souffla Caleb d'un air ahuri en la rejoignant.

— Oui, murmura-t-elle. Oui…

— Ça veut dire quoi, à ton avis ? Tu crois que Leslie et les autres ont coincé le Faux Prophète ?

— Hein ?

C'était drôle : jamais elle n'aurait *pensé* à ça d'elle-même. Mais Caleb avait peut-être raison. Leslie avait sans doute réglé son compte à Harold Machin-Chose. Détruisant ainsi ce qui restait du Démon et de ses serviteurs. L'évaporation du nuage était un signe. Le Démon avait vraiment disparu. Ils étaient à l'aube d'un jour nouveau — d'un *monde* nouveau...

Bon, mollo... Elle brûlait peut-être un peu les étapes. Le soleil la grisait. Elle ne pouvait pas s'empêcher de sourire comme une demeurée. Mais c'était une possibilité, non ? *Tout* était possible. Le parchemin disait...

Le parchemin !

— Mon Dieu, souffla-t-elle en ouvrant subitement les yeux.

— Quoi ? demanda Caleb.

— Les prophéties, répondit-elle en tournant son regard vers lui, le cœur soudain serré. La date d'aujourd'hui y était inscrite, juste après ce passage bizarre qui ne voulait rien dire.

— Ah ouais ? Et pourquoi d'après toi ?

— Je... je n'en ai aucune idée.

Le retour du soleil était-il prédit dans l'une de ces trois phrases absurdes ?

Caleb secoua la tête.

— Pourquoi, commença-t-il...

Mais Ariel fonçait déjà au salon. Elle saisit le carnet et chercha la page où Sarah avait noté des idées sur le déchiffrage du code... *Voilà.*

<u>Hypothèses sur le code</u>

I/ Ibrahim - Traductions

A/ Mon interprétation. Le code caché dans ma façon de traduire l'hébreu.

B/ Passages énigmatiques (à la fin de chaque quatrième bloc de texte dans le parchemin).

1/ Nombres. Lien avec les dates du calendrier actuel.

2/ Principe dominant. Clé pour décoder insérée dans les mots ou dans la structure du parchemin lui-même.

II/ Josh et Trevor - Code Bible

A/ Séquences de lettres équidistantes.

1/ Relier entre eux les mots hébreux. Enlever les blancs et la ponctuation. Prendre la première lettre de la chaîne de mots, puis sauter X nombre de lettres, prendre la lettre qui suit, sauter encore X nombre

Bon sang. Ariel poussa un profond soupir de découragement. Ce truc lui donnait le tournis. Sarah était une nana hyper-organisée. Le genre à prendre sans arrêt des notes pendant les cours — à être *très* attentive quand un prof usé et sous-payé discourait sur les bienfaits d'un « plan bien construit ». Ariel, pour sa part, avait quasiment tout oublié. Elle avait été trop occupée à rédiger ses propres notes — sur le prix du « Mec le plus nul de la semaine », ou sur le fait que la plupart des femmes profs avaient plus de poils sur la tronche que son père de cheveux sur la tête.

Ses épaules s'affaissèrent. Elle se sentait soudain presque nostalgique. Sarah lui manquait. Beaucoup. Pourtant... Est-ce que Sarah et elle auraient été amies si le monde ne s'était pas effondré ? Probablement pas. Mais leur amitié prouvait — d'une manière bizarre — que quelque chose de positif avait émergé de toute cette folie. Ça prouvait aussi qu'Ariel avait beaucoup mûri ces onze derniers mois. Elle savait qu'elle aurait l'air tarte si elle essayait d'expliquer ça, mais sa conception des choses ne se résumait plus à une vague division entre les trucs « cool » et les trucs « pas cool ». Plus personne ne raisonnait comme ça, d'ailleurs. Ils avaient appris que ça n'avait aucun intérêt. Et ce n'était pas plus mal.

— Ariel ?

Elle leva les yeux, surprise. Elle n'avait même pas remarqué la présence de Caleb.

— Alors, t'as appris quelque chose ? la pressa-t-il en jetant un coup d'œil par-dessus son épaule. Qu'est-ce qui devait arriver aujourd'hui ?

— Euh... Je ne sais pas. J'essaye justement de comprendre.

Il s'écarta d'elle.

— Pourquoi se fatiguer avec ça ? Est-ce que...

— Je veux le faire, déclara-t-elle fermement.

Oui. Le flot de souvenirs et d'émotions avait ranimé sa volonté. Plus question d'hésiter. Elle avait promis à Sarah de se creuser la cervelle sur ce code. En plus, ça serait amusant. Comme un puzzle. Sarah y tenait beaucoup. Et, cool ou pas, branchée ou pas, Sarah était l'amie d'Ariel. Et Ariel était la dernière amie de Sarah. Elle avait juré de ne jamais laisser ce lien disparaître.

De toute façon, ça devait être un jeu d'enfant.

Enfin, pas exactement. Mais c'était peut-être plus simple qu'il y paraissait. Quelqu'un était tout de même censé y arriver, non ? Que disait le vieil adage ? *La solution la plus simple est probablement la bonne.* Sarah et elle s'étaient trop laissé intimider. Sarah répétait qu'elle était nulle en maths et incapable de faire un puzzle. N'importe quoi. Très efficace, dans le genre autodécouragement. Mais Ariel ne commettrait pas la même erreur. Pas question. Parce que si Ariel Collins ignorait l'humilité, question assurance, elle pouvait en remontrer à n'importe qui.

Tu peux le faire.

Bien sûr qu'elle pouvait. Plutôt deux fois qu'une. Elle se replongea de nouveau dans le plan de Sarah.

— Tu ne veux pas venir dehors ? proposa Caleb.

— Dans une minute, marmonna-t-elle distraitement.

Si elle avait bien compris, Sarah pensait que le code était caché dans les traductions ou dans le texte hébreu original, avec ce truc de séquences de lettres. Et il y avait cette histoire de « principe dominant »... une sorte de clé du code incorporée. L'existence d'une clé globale serait logique. *Tout* était logique, en fait — du moins si Ariel avait bien compris.

Et si *toutes* ces hypothèses étaient vraies ?

Sarah se trompait peut-être en supposant qu'il n'y avait qu'une seule bonne réponse. Le truc consistait peut-être à combiner toutes ces hypothèses en une seule. Ariel pouvait rechercher un message caché en sautant des lettres dans les passages incompréhensibles — mais en utilisant leur traduction, faite par Sarah. D'ailleurs, c'était le seul choix possible. Elle n'allait pas apprendre à lire l'hébreu par l'opération du Saint-Esprit, même si Jezebel n'avait pas détruit le parchemin.

Caleb se racla la gorge.

— Mais qu'est-ce que tu fiches ? s'impatienta-t-il.

— Je ne sais pas encore vraiment.

Elle s'assit et sortit le stylo de sa poche, puis revint aux prophéties. Elle copia rapidement le passage inintelligible sur la page opposée, en éliminant les blancs et la ponctuation entre les mots.

Latransenultuécrisestpersonneecarteretratervivierrose.

Bon. Maintenant elle devait garder la première lettre et en sauter… combien ? Peut-être quatre. Dans le parchemin, les passages énigmatiques se trouvaient tous les *quatre* blocs de texte. Ça pouvait être un moyen subtil d'indiquer l'importance du chiffre quatre : *compter de quatre en quatre après la première lettre*… En tout cas, ça valait la peine d'essayer. Ariel transcrivit de nouveau la suite de lettres — en mettant cette fois en capitale la première lettre… puis la quatrième… puis la quatrième suivant cette dernière…

Latr**A**nse**N**ult**U**ecr**I**ses**T**per**S**onn**E**eca**R**ter**E**tra**T**erv**I**vie **R**ros**E**.

Un sourire éclaira son visage.

Il y *avait* un message. Elle s'empressa de copier uniquement les capitales :

LA NUIT SE RETIRE

— Bingo ! exulta-t-elle.

— Et c'est reparti, marmonna Caleb.

Elle se mit à rire — un rire euphorique, presque incontrôlable. Elle avait réussi ! C'était si simple. Juste sous ses yeux. La clé était incorporée dans la structure du parchemin. Et le message était caché à la fois dans la traduction de Sarah *et* dans les séquences de lettres.

— J'ai réussi ! hurla-t-elle.

Caleb fronça les sourcils.

— Tu es sûre ?

— Regarde ! dit-elle en martelant la page du doigt. « La nuit se retire. 23 novembre 99. » Qu'est-ce que tu veux que ça soit d'autre ?

— Mais… mais tu l'as fait si *vite*, balbutia-t-il, effaré.

— Je sais, dit-elle en secouant la tête, incapable d'y croire elle-même. Ça m'est… apparu. Tout s'est mis en place d'un coup. Bon sang !

Elle se laissa tomber sur le canapé, souriant toujours d'un air radieux.

— Tu sais quoi ? Maintenant je comprends pourquoi Trevor aimait tant résoudre des problèmes de maths. C'est le *pied*. Vraiment. Ça peut paraître dingue, mais c'est carrément intense…

Elle s'interrompit brusquement.

Caleb regardait le carnet. Son visage était devenu blême.

— Qu'est-ce qu'il y a ?

— Ariel, tu ne piges pas ? dit-il d'une voix tremblante. Cette prophétie s'est réalisée. L'obscurité s'est levée aujourd'hui.

— Eh ben, euh, ouais.

Pourquoi faisait-il cette tête d'enterrement ?

— Ça s'est réalisé, Ariel, répéta-t-il comme s'il parlait à une demeurée. Ça veut dire que ce truc *n'est pas* fini. On se gourait.

Mon Dieu !

Le ventre d'Ariel se noua. Ses yeux revinrent à la page du carnet ouvert.

Le Faux Prophète ira au-devant de sa propre perte,
Entraînant avec lui les Visionnaires aveuglés.

Si les prophéties étaient toujours valables… si Leslie poursuivait encore le Faux Prophète, alors il y avait de grandes chances pour qu'*elle* coure à sa propre mort.

— Qu'est-ce que ça dit d'autre ? demanda Caleb.

Mais Ariel était incapable de parler. Il y avait un deuxième passage incompréhensible. Un deuxième message codé. Son regard s'arrêta au bas de la page, sur la date suivante : 25.11.99.

Dans deux jours.

— Il y a… autre chose, souffla-t-elle.

— Quoi ? s'écria-t-il

Elle prit le carnet entre ses mains moites. En tremblant légèrement, elle écrivit la première lettre du second message…

Non.

Le cœur battant à tout rompre, elle continua, lettre après lettre…

— Ariel ?

Ce n'est pas possible. Ses mains tremblaient violemment, maintenant. *Ce n'est pas possible.* Faisant appel à ce qui lui restait de maîtrise d'elle-même, elle se força à lire l'intégralité du message, d'une voix à peine plus audible qu'un murmure…

« Le mont Rainier explose. »

CHAPITRE NEUF

Novembre

Parc national du mont Rainier.
Washington.
Du 23 au 25 novembre.

HAROLD WURF AVAIT LE CAFARD.

Il ne pouvait même pas profiter du miraculeux retour du soleil. Pendant que ses fidèles braillaient et riaient tout autour de lui, il était assis, seul avec Linda — se frottant les yeux et essayant de voir quelque chose… *n'importe quoi*. Il avait commis l'erreur impardonnable de regarder le ciel quand le nuage s'était dissipé, oubliant complètement que ses yeux avaient besoin de temps pour s'accoutumer. C'était si surprenant de sa part, si ridicule. Pourvu que ses rétines ne soient pas définitivement abîmées. Même après plusieurs heures, il ne discernait encore que de vagues petits points rouges. Si seulement il avait emporté avec lui quelques manuels médicaux…

— Ne t'inquiète pas, le rassura Linda, forcée d'élever la voix pour se faire entendre au milieu du concert de cris de joie. Ta vue reviendra. C'est seulement temporaire.

Espérons. Il n'y comprenait rien. Il était le *Guérisseur*. Alors pourquoi ne pouvait-il se guérir lui-même ? Pourquoi ne pouvait-il *souhaiter* de recouvrer la vue — comme il avait souhaité que Linda retrouve sa beauté ? Ce n'était pas juste.

— L'Élu a le pouvoir de guérir les autres, déclara Linda, comme en réponse à ses questions muettes. Et le jour venu, tu auras le pouvoir de te métamorphoser. Je le sais, Harold. Tout comme je savais que l'obscurité disparaîtrait ce matin. Sois patient. Ce ne sera pas long.

Harold grogna. Ce serait de toute façon trop long. Il en avait assez d'être patient. La force de son pouvoir dépendait de la profondeur de son altruisme. Soit. Mais là c'était un peu extrême. Qu'y avait-il d'égoïste à désirer voir de nouveau ? Pour la première fois depuis très longtemps, il se sentait complètement impuissant. Et pour accroître sa fureur, les odieuses paroles de John Porter le hantaient : « *Tu n'es qu'un pion, Harold, et tu ne le sais même pas.* » Eh bien, peut-être était-il en train d'apprendre. Peut-être qu'il *savait,* maintenant. Seul un vulgaire pion aurait commis l'erreur qu'il avait commise.

— Je me demande ce qu'il est devenu, marmonna-t-il tout haut.

— Qui ? demanda Linda.

— John Porter. Je t'ai dit que je l'avais vu, non ?

Linda lui tapota l'épaule.

— Tu n'as pas vu John, Harold. Tu as vu le Démon sous les traits de John. Rappelle-toi ce que je t'ai dit. Le Démon est très malin. Il peut prendre n'importe quelle forme. Je te quitte un instant — et le Démon en profite pour tenter de semer le doute en toi.

Harold haussa les épaules. Ça semblait un peu tiré par les cheveux.

Mais après tout, quelle hypothèse était la moins plausible — que le Démon lui soit apparu, ou que la mort de John ait été une supercherie ? *Aucune* n'était très vraisemblable. Mieux valait sans doute ne pas s'inquiéter de ça. Même si John vivait, il serait mort dans moins de quarante-huit heures.

Et, naturellement, le Démon aussi.

La vision de Harold ne s'améliorait pas. Au contraire.

Les petits points brillants semblaient s'étendre et couvrir toute sa membrane optique. Il pouvait différencier la lumière de l'ombre... mais c'était tout. Il ne pouvait pas se déplacer sans l'aide de Linda. Il était *infirme*. Lui, l'Élu — un être supérieur — en était réduit à trébucher comme un pauvre ivrogne.

— Nous devons aller sur le versant ouest, ne cessait de répéter Linda en le traînant à sa suite sur les chemins escarpés. Tu dois y être avant demain.

Maintenant, il savait ce que ressentait un chien au bout d'une laisse.

— Dépêche-toi ! s'énerva-t-elle.

La rage le consumait, mais il n'avait pas d'autre choix que de la suivre. Sinon, il serait sans défense. Il ne cessait pas de tomber dans la boue et de s'écorcher les genoux. Était-ce une sorte d'épreuve ultime ? Peut-être devait-il partager l'expérience des membres les plus modestes de son troupeau afin de développer une sorte d'empathie. Peut-être...

— Allez, plus vite !

Le matin suivant, ses yeux l'avaient complètement lâché. Il ne voyait plus rien.

Et il n'était plus en colère, il avait *peur*.

Il ignorait où il se trouvait. A son réveil, il avait entendu le brouhaha de centaines de voix autour de lui, mais pas celle de Linda. Où était-elle passée ? Pourquoi l'abandonnait-elle au moment où il avait le plus besoin d'elle ? Il ne savait pas quoi dire à ses fidèles ; il ne savait même pas ce qui était censé arriver. Il avait attendu que Linda ait une nouvelle vision… mais ça ne s'était jamais produit. Elle devait être près de lui.

— Linda ? appela-t-il. Linda, peux-tu…

— Élu !

Harold retint son souffle.

Une fille se trouvait à côté de lui. Elle avait un accent du Sud familier. Il connaissait cette voix. Mais il ne l'avait pas entendue depuis longtemps.

— C'est moi, murmura-t-elle. Larissa.

Larissa. Il poussa un soupir de soulagement. Jamais il n'aurait cru qu'il serait si content de tomber de nouveau sur cette fille. Oui. Larissa, la ravissante idiote. Il se força à sourire. Il se représentait parfaitement ses longues jambes, ses cheveux blonds, son sourire stupide. Sans elle, il n'aurait peut-être jamais mesuré l'ampleur de son propre pouvoir et de sa destinée. Elle était non seulement la première personne qu'il avait guérie, mais aussi la seule hérétique qu'il avait épargnée. Bien sûr, sa trahison avait été dictée par la jalousie et l'amour — pas par le manque de respect. Elle avait toujours cru en ses pouvoirs. Non pas que de tels motifs soient une excuse. Il avait juré qu'il la tuerait tôt ou tard. Grâce à Dieu, il ne l'avait pas fait. *Pas encore*.

— Tu vas bien ? demanda-t-elle en lui prenant la main. Qu'est-ce qu'il y a ?

— Je ne vois plus, répondit-il avec un rire bref chargé d'amertume. C'est évident, non ?

— Je… je suis désolée. Je ne… Qu'est-ce qui s'est passé ?

— Peu importe. As-tu vu Linda Altman ?

— L'Anglaise ?

Elle marqua une pause.

— Ouais, mais…

— Mais quoi ?

— Elle est partie depuis longtemps. Je l'ai vue s'enfuir comme si elle avait un fantôme aux trousses. J'ai pensé qu'elle t'avait mis en colère.

Ça ne pouvait pas être vrai.

— Tu es sûre que c'était *elle* ? Linda Altman ?

— Ouais, sûre. La fille qui est toujours pendue à tes basques, c'est ça ? Elle hurlait pour qu'on s'écarte de son chemin. Elle avait l'air terrorisée. Enfin, terrorisée ou folle. Mais je suis sûre que c'était elle.

Harold déglutit. Quelque chose ne tournait vraiment pas rond. Il passa une main fébrile dans ses longs cheveux graisseux. L'avait-elle abandonné ? Non… impossible. Avait-elle eu une vision menaçante ? Le Démon l'avait-il attaquée ? Peut-être que…

— Qu'est-ce qu'il y a ? murmura Larissa. Tu n'as pas l'air très bien.

Il ne répondit pas. Une idée effrayante venait de s'insinuer en lui. Linda l'avait prévenu que le Démon ne pouvait frapper que s'il était seul. Le Démon était rusé. Il pouvait se présenter sous les traits de n'importe qui. *N'importe qui.* John Porter, par exemple.

Ou Larissa.

— Dis-moi quelque chose, supplia-t-elle.

Mon Dieu…

Elle caressa ses doigts.

— Je veux t'aider…

— Lâche-moi !

Dans un sursaut de pure horreur, il se dégagea — et tomba en arrière. Il se débattit pour se redresser, le cœur battant follement. Cette chose n'était pas Larissa. C'était le Démon. Il n'y avait pas d'autre explication possible à…

— Je… je ne voulais pas te faire de mal, pleurnicha-t-elle. Arrête ! Tu me fais peur !

L'imitation était parfaite. Le stupide accent du Texas absolument convaincant… Se concentrer. Ne pas se laisser envahir par la panique. Si c'était le Démon qui se trouvait à ses côtés, alors Linda était probablement morte. Tuée par le Démon pendant que Harold dormait…

La terre sous lui trembla.

La magie du Démon.

— Tu ne peux pas faire ça, murmura-t-il en secouant la tête. Tu ne peux pas me vaincre. Je suis l'Élu. Je suis…

— Qu'est-ce qui se passe ? demanda la voix à présent lointaine de Larissa.

Elle avait l'air encore plus effrayée que lui.

— La montagne ! La montagne…

Ses cris se perdirent bientôt dans un concert de hurlements stridents. Des centaines de hurlements. Harold s'efforça de voir, clignant désespérément des paupières, priant pour que son destin glorieux s'accomplisse en cet *instant*, qu'il soit guéri et qu'il puisse mettre fin à la cruelle torture que le Démon infligeait à son précieux troupeau. Ce n'était pas un vœu égoïste, non ? Non, non, non. Il ne pensait pas à son propre intérêt. Pas du tout. Il était ici pour venir en aide à…

Le tremblement s'intensifia.

Un tremblement de terre. Il connaissait cette sensation — l'impression d'être secoué en tous sens comme dans un shaker. Au prix d'un énorme effort, il se retourna sur le ventre pour réduire les risques de fracture de la colonne vertébrale… mais, tout à coup, il sentit quelque chose de lourd peser sur ses jambes. Sur son dos. Sur ses bras.

Des pieds. Des pieds qui couraient. Qui trépignaient — sur *lui*.

Son troupeau le piétinait. L'écrasait. Il entendait ses os craquer sous la charge. La douleur était insoutenable. Il ne pouvait plus respirer.

— La montagne est en éruption ! hurla quelqu'un.

Harold ouvrit la bouche pour hurler, mais il n'y parvint pas. Il n'avait même plus assez d'air pour pousser un cri. Pourquoi son troupeau lui faisait-il ça ? Pourquoi ? Si le mont Rainier était en éruption, lui seul pouvait l'arrêter. Lui seul possédait ce pouvoir. Seul l'Élu pouvait étendre la main…

La douleur cessa brusquement. Il ne sentait plus rien du tout.

Atteinte du système nerveux, pensa-t-il avec détachement. On aurait dit qu'on lui avait injecté un anesthésiant. Il se rendait compte qu'on le piétinait, mais sa lucidité s'amenuisait. Et un étrange sifflement résonnait dans ses oreilles. De plus en plus proche, de plus en plus fort.

C'était juste au-dessus de lui maintenant. Un souffle d'air chaud lui balaya le visage.

— Adieu, Harold !

Linda ? Sa voix se détachait nettement du tumulte. Mais elle était métallique et déformée, comme à travers un haut-parleur. Il ne pouvait pas dire d'où elle provenait...

— Je t'aurais bien emmené, mais il n'y a pas de place dans l'hélicoptère, lança-t-elle. Lilith te remercie pour ta collaboration. Il faut qu'on y aille. Bon courage !

Le sifflement cessa.

Pas de place dans l'hélicoptère. Pourquoi avait-elle dit... « Lilith » ? Non. Ça ne pouvait pas être Linda. Impossible. Parce que ça signifierait... quoi, au juste ? Il n'arrivait pas à comprendre. Son cerveau ne fonctionnait plus normalement. Il ne lui renvoyait qu'une seule image, celle de la sale gueule de John Porter en train de lui dire : « *Elle te roule dans la farine, mec. Toi et toute ta fichue clique.* »

L'instant d'après l'image s'évapora.

Remplacée par une merveilleuse chaleur liquide. Elle évacua toute pensée de sa tête. Plus de souffrance. Juste la paix. Il entendait un étrange bouillonnement, comme si quelque chose mijotait dans une marmite tout près de lui. Le bruit s'enfla, de plus en plus fort, de plus en plus près...

Aujourd'hui, j'ai vaincu le Démon. Aujourd'hui, j'ai guéri mon troupeau...

La chaleur le submergea et le consuma entièrement.

CHAPITRE DIX
Novembre

Babylon, Washington.
25 novembre.

Je me dis que Leslie est morte.

J'ai passé la journée assise dehors, à regarder en direction du mont Rainier, priant de toutes mes forces pour que rien n'arrive, pour que les prophéties n'aient vraiment plus aucune valeur, pour que la disparition du nuage soit juste une coïncidence...

Mais ensuite je l'ai vue. Elle avait quelque chose d'irréel. Une boule de feu qui illuminait une partie du ciel au sud. On aurait dit que des petits météores en jaillissaient, fusant dans toutes les directions, tel un feu d'artifice au ralenti.

Le plus bizarre, c'est que je n'ai absolument rien entendu pendant un très long moment. Juste le bruit du vent et le pépiement des oiseaux. C'était comme de regarder la télé sans le son. Et puis le sol s'est mis à trembler, et là, il y a eu un bruit. On aurait dit la note la plus grave d'une basse à travers un ampli poussé à fond.

Et puis plus rien. C'était fini. Des milliers de jeunes étaient morts.

Leslie ne se trouvait peut-être pas parmi eux. Je dois me raccrocher à cet espoir. Je le dois. Je ne pourrais pas supporter de la perdre elle aussi. J'ai perdu combien de proches à l'heure qu'il est ? Sarah. Trevor. Brian. Jezebel, même. Et papa.

Faites que Leslie ne soit pas morte.

Caleb n'a pas pu regarder. Il est à l'intérieur en train de pleurer. Et je sais que ce n'est pas seulement à cause de Leslie. Il a peur pour nous. Il est terrifié. Moi aussi.

Parce que tout ça signifie que Sarah n'a rien empêché. Le compte à rebours n'a pas cessé.

Elle est morte pour rien.

Maintenant, je comprends pourquoi je ressens toujours cette horrible impression de menace. Les prophéties continuent de se réaliser. L'explosion le prouve. Quelle qu'elle soit, la catastrophe prédite à la fin du douzième cycle lunaire va se produire.

Mais comment ? Presque toutes les prophéties concernent le Démon et l'Élue.

Est-ce que Jezebel et l'Élue seraient encore vivantes, d'une certaine manière ?

C'est la seule explication logique. Leur esprit est peut-être toujours là. Elles n'ont peut-être pas besoin de corps. Je ne sais pas. Comment je pourrais le savoir ? Je voudrais juste un signe, quelque chose qui réponde à ces questions. C'est trop demander ?

Sarah... si ton esprit est encore là, s'il te plaît, envoie-moi un signe. Dis-moi pourquoi rien n'a changé, pourquoi ils se sont tous précipités dans le piège du Démon, pourquoi ils sont morts ?

J'aurais voulu n'avoir jamais déchiffré ce stupide code. Je ne saurais rien. Je penserais que tout va bien.

J'aurais dû partir avec toi, Leslie. Je regrette tant.

TROISIÈME PARTIE
Novembre

du 26 au 30 novembre

Le onzième cycle lunaire

« Elle se nourrit de chair et se désaltère de sang ! » scandait le Lilum en effectuant une danse endiablée autour du feu sacré.

Leurs toges noires claquaient allègrement au vent.

« Se nourrit de chair et se désaltère de sang... »

Les yeux de Naamah brillaient de larmes.

Sa joie était indescriptible. Elle avait mené à bien le sublime plan de Lilith, éliminant les prophètes au cours d'une longue campagne de onze mois — une odyssée qui avait commencé en Antarctique et lui avait fait parcourir la moitié de la planète jusqu'au Pacifique Nord... à cent cinquante kilomètres du lieu de l'Ultime Combat.

Quand elle considérait tout ce que le Lilum avait accompli, son cœur se gonflait d'admiration et de fierté — mais surtout d'un sentiment d'achèvement, de plénitude. Son travail était fait.

L'aboutissement d'une tâche qui avait débuté trois mille ans auparavant.

Les prophètes des temps anciens avaient prédit que la Terre elle-même hurlerait de douleur quand Lilith se dresserait de nouveau. La terreur se manifesterait par une série de désastres : tremblements de terre, raz de marée, avalanches, invasion de sauterelles, obscurité.

Toutes ces plaies s'étaient abattues sur la Terre. Et même davantage.

Les scribes avaient tout mis en œuvre pour dissimuler ces prophéties à leurs ennemis. Ils espéraient que ces forces naturelles affaibliraient Lilith… la détruiraient peut-être. Ils avaient donc codé les dates et lieux exacts de chaque calamité dans leur parchemin magique, afin que nul n'en soit averti avant trois mille ans, époque à laquelle l'Élue serait sur terre. Et ils avaient en effet conçu leur code de sorte que seule une personne née à la fin du second millénaire puisse le déchiffrer. Du moins le pensaient-ils.

Ils ignoraient que le Lilum avait utilisé sa magie noire pour copier le parchemin et déchiffrer le code depuis longtemps, transmettant ce savoir de génération en génération… attendant le moment où les mots pourraient se changer en armes.

Grâce aux scribes, le Lilum avait pu attaquer la base russe de Poulostrov Kanin au moment précis où l'éruption solaire l'avait privée de courant… détruire le grand barrage d'Assouan au moment même où la mer Rouge avait débordé… piéger un groupe de Visionnaires dans les Rocheuses quand l'avalanche s'était déclenchée… tandis que l'Élue elle-même était plongée dans l'ignorance.

Grâce à sa savante stratégie le Lilum avait remporté des victoires stupéfiantes, à une échelle d'une ampleur inimaginable. Mais elles ne s'étaient pas contentées d'utiliser le savoir caché dans les textes codés. Elles avaient poussé le raffinement jusqu'à se servir des technologies modernes là où les calamités naturelles ne suffisaient pas, attirant les Visionnaires dans divers pièges à l'aide des ondes radio…

Mais la manipulation des deux dernières prophéties avait été l'accomplissement suprême. Un coup double, une combinaison parfaite. Dans un premier temps, les Visionnaires avaient été détournés du droit chemin, puis anéantis. La puissante attraction qu'ils ressentaient les avait conduits à Babylon

— et quand l'obscurité avait réduit leurs pouvoirs à néant, le Lilum en avait profité pour les attirer au mont Rainier.

Après l'évaporation du nuage, ils avaient recouvré leurs dons de visionnaires.

Et ils avaient cru Harold responsable de ce miracle. Alors, ils avaient obéi à l'appel les invitant à le rejoindre sur le versant ouest. Ils avaient attendu sa bénédiction, tout en se demandant pourquoi leur instinct leur soufflait toujours d'aller vers l'ouest, pourquoi ils avaient l'intime conviction que l'Élue était une fille…

Pauvre Harold ! Un vrai champion de la cause de Lilith. Dommage qu'il se soit stupidement abîmé la vue. Elle aurait aimé qu'il assiste à sa propre destruction — qu'il la voie lui dire adieu depuis l'hélicoptère, qu'il voie la lave l'engloutir, lui et les milliers de fidèles qui l'avaient honoré du nom de « Guérisseur ».

Mais elle se remettrait de cette petite déception.

Parce que, au bout du compte, tous les Visionnaires sauf deux avaient été tués.

Les Visionnaires Consacrés couraient toujours. Naamah savait à présent où ils se trouvaient. Elle l'avait sans doute toujours su. Mais peu importait.

John Porter et Julia Morrison seraient bientôt morts eux aussi.

Elle n'avait pas à se soucier d'eux. Lilith se chargerait elle-même de leur sort.

Et dans une semaine, Naamah se retrouverait face à son maître. Elle sentirait l'étreinte de Lilith — une étreinte matérialisée par la magie et la prophétie. Elle assisterait au jaillissement de l'arme antique, par laquelle tous les êtres indignes périraient… par laquelle seuls les élus de Lilith hériteraient de la terre.

Comble de bonheur, elle se tiendrait aux côtés de Lilith pour diriger le monde nouveau.

CHAPITRE ONZE

Novembre

Babylon, Washington.
26 novembre.

BABYLON ÉTAIT VIDE.

John n'en croyait pas ses yeux. Il n'y avait absolument pas un chat. Il avait passé les deux derniers jours à arpenter la ville d'un bout à l'autre — de l'étrange Institut au centre commercial, et jusqu'à la falaise — et il n'avait pas vu âme qui vive. Où diable était donc Sarah ? Et tous les autres ? Cet endroit était bondé quand il était parti. Bondé. Il devait y avoir une explication. Une *ville* entière ne se vidait pas comme ça. À moins que…

Son regard se tourna vers le sud-est — vers Puget Drive.

Un énorme nuage floconneux gris cendre flottait au-dessus des arbres et des pavillons de banlieue… figé dans le ciel comme un géant d'argile. Il avait l'air si proche. *Trop* proche. Et à quelle distance se trouvait le mont Rainier ? Une centaine de kilomètres ?

Mais il n'était même pas sûr que ça provenait du mont Rainier. Une déduction un peu rapide, peut-être. La veille, alors qu'il vadrouillait, il avait entendu un grondement bizarre… et ça venait globalement de cette direction. Puis il avait levé les yeux et vu…

Rien à foutre. Sarah ne serait pas allée là-bas.

Impossible. Elle avait sûrement croisé Julia et d'autres Visionnaires et les avait emmenés dans un endroit spécial impossible à trouver. Ils se cachaient du Démon, en attendant de mettre au point le moyen de le détruire. Logique. Il plongea les mains dans ses poches et se mit à grimper la côte d'un pas déterminé. Il les trouverait. Aujourd'hui même. C'était juste une question de temps.

Une sensation bizarre lui noua soudain le ventre.

Il s'immobilisa. Il *connaissait* ce coin. C'était près de l'endroit où le Démon vivait. Sarah et lui avaient monté cette côte en bagnole — et ils avaient failli renverser une troupe d'hystériques qui attendaient qu'Ariel se tire de chez elle. Ensuite, cette tarée de Jezebel avait poignardé Ariel, et Ariel avait enlevé le couteau de sa poitrine comme si de rien n'était…

PAF !

— Aïe !

Il se frotta la nuque. La main invisible se remettait à lui flanquer des claques. C'était pas plus mal. Il avait besoin d'une bonne baffe de temps en temps pour lui recadrer les idées, l'empêcher de délirer et de se faire peur tout seul. Combien de fois la main l'avait-elle frappé ces trois derniers jours ? Cinquante, peut-être ? Dès que le nuage s'était barré et que le soleil était réapparu, *vlan !* il était redevenu un Visionnaire. Le pied ! Il ne pouvait pas passer deux heures sans tomber dans les pommes et voir les scènes habituelles : le bébé, la falaise…

PAF !

Il secoua la tête comme pour se débarrasser d'une mouche et se remit à marcher. En un sens il était content que tous ces trucs de Visionnaire soient revenus. Même les baffes. Au moins il savait qu'il était de nouveau au bon endroit. Et si lui avait retrouvé ses dons, Julia aussi. Elle n'était pas allée au mont Rainier. Bien sûr que non. Elle connaissait le bon chemin...

— Hé ! appela quelqu'un.

John sursauta. Il n'était donc pas seul.

Un type efflanqué se tenait sur une pelouse, cinq maisons plus bas. Il lui faisait signe des deux mains.

— Hé ! Tu t'appelles pas John ?

John connaissait ce mec. Il s'appelait... comment déjà ? Colin ? Quelque chose comme ça. Il était pote avec le frère du Démon — le fameux Trevor. Ils créchaient à l'Institut de technologie et avaient essayé de trouver un remède contre l'Épidémie. Enfin... c'était ce qu'ils disaient. Il leur manquait une case.

— Ariel ! cria le type. Viens voir !

John déglutit. *Ariel ?* La sensation de malaise se transforma en nausée carabinée. Il reconnaissait aussi cette maison : deux étages, bois blanc... c'était celle du Démon. Il était...

La porte s'ouvrit à la volée.

Ariel sortit et le scruta du regard. Puis elle prit un air circonspect.

— Qu'est-ce qu'il y a ? demanda-t-elle.

Un vrai cauchemar. Elle était exactement comme dans son souvenir — sans le couteau. Il en avait assez vu. Il fit volte-face et se tira en courant.

— Attends ! cria le type. Je veux juste…

Mais John ne ralentit pas. Il courait si vite que ses poumons semblaient se comprimer. Il avait échappé aux flics des douzaines de fois à Pittsburgh, frôlant souvent l'arrestation à une seconde près. Mais comparées à celle d'aujourd'hui, ces cavales avaient été de simples balades. Il gardait les yeux rivés à la ligne grise de l'eau au-delà des arbres devant lui. Il pourrait peut-être plonger… Non, c'était trop haut. Il y resterait.

Sans réfléchir, il prit à gauche à la fourche au bout de la route.

Les muscles de ses cuisses commençaient à lui brûler. Accroche-toi ! s'ordonna-t-il. Il entendait le fracas des vagues s'écrasant au pied de la falaise, de l'autre côté des arbres. L'odeur de l'iode emplissait ses narines. Il se rapprochait de cet endroit… l'endroit qui lui était apparu dans ses visions. *Mauvais plan*. Le Démon l'attendait sûrement déjà sur place. Mais c'était presque plus fort que lui. Même en pleine crise de panique, il était attiré…

Oh, oh !

Un vertige le prit.

Il vacilla, tendit les bras pour garder l'équilibre. L'air lui manqua soudain. Tout semblait tourner autour de lui. Bon sang, qu'est-ce qu'il avait ?

Serrant les dents, il se força à continuer de courir. Mais ses jambes semblaient aussi lourdes que du plomb. *Non, non*. C'était pas possible… Sa vue se brouilla. Ses cheveux blonds lui fouettaient le visage ; la sueur l'aveuglait. La route s'estompa progressivement. Le soleil se voila. Il cligna des paupières une fois, puis…

Quand je suis sur la falaise et que je regarde l'océan sous le ciel étoilé, j'ai du mal à croire que je suis en danger. Un vent léger souffle. Le reflet de la lune danse sur l'eau. Tout est si tranquille.

Mais j'ai peur.

Mon bébé pleure. Des larmes coulent de ses yeux et elle hurle… mais je ne peux rien faire. Je la serre contre moi aussi fort que je peux. J'entends le rire du Démon tout autour de moi. Je me retourne pour regarder, mais je ne vois que des grands sabliers… une forêt de sabliers vides.

Et ensuite mon bébé n'est plus là. Je ne tiens plus rien dans mes bras… plus rien du tout.

Le Démon éclate de rire. « Terminé ! ricane-t-elle. Le bébé est à moi ! »

John ouvrit les yeux.

Le ciel au-dessus de lui était plein d'étoiles. Il inspira profondément et se redressa. Était-il encore dans sa vision ? Non… la transe était terminée. Il respirait régulièrement, n'était pas en sueur. En fait, il se sentait plutôt reposé…

Nom de dieu !

Il était sur la falaise ! L'océan s'étendait juste devant lui. Encore un peu étourdi, il se leva et regarda autour de lui, s'attendant à moitié à voir une collection de sabliers géants, ou Ariel, ou même des filles en toge noire… mais il n'y avait que les grands pins se balançant doucement dans le vent.

Trop beau pour être vrai. Retenant son souffle, prêt à bondir comme un fauve au moindre signe suspect, il fit un tour complet sur lui-même. La nuit était très calme, à part le chant des criquets. Mais quelqu'un pouvait se cacher dans les bois. Ariel et le type avaient pu le suivre. Ils étaient peut-être en train de l'observer en ce moment même.

Au bout de plusieurs secondes, il expira lentement et se détendit.

Que s'était-il passé ? Il était en train de courir en plein jour, et il se retrouvait couché sur le dos en pleine nuit. Ses visions n'avaient *jamais* duré aussi longtemps. Il ne savait même pas combien de temps s'était écoulé… quelques heures ? Quelques jours ? Il frémit. Ça lui filait vraiment les jetons. Il avait complètement perdu conscience. N'importe quoi aurait pu lui arriver pendant ce temps. *N'importe quoi.*

Il regarda la route.

Instinctivement, il se dirigea vers elle — dans le sens opposé à Puget Drive. La maison d'Ariel ne se trouvait qu'à cinq ou dix minutes de marche. Pourquoi ne l'avait-elle pas pourchassé ? Ses serviteurs et elle avaient passé l'année entière à le traquer… lui et tous les autres Visionnaires. Pourquoi s'arrêter maintenant ? Est-ce qu'elle se foutait de lui ? Est-ce que c'était une sorte de jeu pervers ? Ça ne le surprendrait pas. Cette nana qui s'appelait Amanda et toutes ses copines adoratrices du Démon avaient bien fait mumuse avec lui pendant presque un mois avant d'essayer de le liquider.

Juste pour être sûr, il jeta un œil par-dessus son épaule — puis hésita. Aucun signe d'Ariel, mais quelque chose venait d'attirer son regard : un petit tas de pierres à la lisière du bois, de l'autre côté de la route. Étrange. Il ne l'avait pas remarqué avant. Évidemment, il regardait toujours de l'autre côté, vers l'océan.

Ça ressemblait presque à un autel.

Un peu le genre de truc qu'Amanda et ses copines utilisaient — ces cercles de pierres qu'il avait vus dans l'Ohio et au mont Rainier. Il traversa la route en courant et se pencha sur le monticule, le scrutant à la lueur de la lune. On avait grossièrement peint quelques mots à sa base…

Ici repose Sarah Levy
L'Élue
Puisse sa mémoire vivre à jamais

Qu'est-ce que… ?

Il aspira une grande goulée d'air et relut l'inscription. Son pouls s'accéléra. Ça devait être une sorte de farce. Le Démon était en train de lui mettre la pression.

Sarah ne pouvait pas mourir. C'était impossible…

Toute la chaleur de son corps reflua brusquement, ne laissant qu'un vide glacé. Il s'éloigna des pierres en titubant, l'estomac au bord des lèvres.

C'était une vraie tombe, hein ?

Ouais. Même s'il s'efforçait de le nier, il savait que c'était réel. Pour quelle autre raison Sarah aurait-elle disparu ? Pour quelle autre raison la ville se serait-elle vidée — mis à part le Démon et l'autre type ? Ariel avait probablement tué Sarah et chassé le reste des Visionnaires. Peut-être même qu'elle les avait tués aussi. Ou elle les avait convaincus d'aller au mont Rainier, comme les autres. Peut-être qu'il ne restait plus que lui à éliminer…

Oh, non !

Une idée encore plus terrifiante venait de s'insinuer en lui.

Et s'il ne valait même plus la peine d'être tué ?

Évidemment. Voilà pourquoi Ariel ne s'était pas donné la peine de le poursuivre. Qu'il vive ou non, elle s'en foutait. Il était probablement le seul Visionnaire survivant. Il *devait* l'être. Pas étonnant que Julia soit introuvable. Elle était morte, elle aussi. Et sans elle — sans les autres, sans l'Élue — il ne pouvait rien de rien.

Le sable s'était écoulé du sablier.

« *Terminé !* », comme le Démon l'avait dit. Tous ceux qui auraient pu l'arrêter avaient été tués. Y compris Julia.

CHAPITRE DOUZE

Novembre

187 Puget Drive, Babylon.
Washington.
Aube du 27 novembre.

— QUI ÉTAIT CE TYPE, DÉJÀ ?

Caleb faisait les cent pas dans la chambre d'Ariel, pétrissant nerveusement ses mains moites.

— Je te l'ai *dit*, marmonna-t-il. John quelque chose — je n'arrive pas à me rappeler son nom. Un Visionnaire. Un *puissant* Visionnaire…

Ariel retourna s'affaler sur le canapé. Des cernes noirs et gonflés soulignaient ses yeux. Comment pouvait-elle être aussi fatiguée ? Elle avait dormi toute la journée. Elle n'avait quitté la maison que pour jeter un rapide coup d'œil sur ce John. Puis elle était retournée se coucher. Elle devrait peut-être se taper un litre de café. Ou des stimulants. Ce n'était vraiment pas le moment de flancher.

— Ariel !

— Hein ? fit-elle d'une voix pâteuse en battant des paupières. Pas besoin de hurler. Je sais qui c'est, d'accord ? Ça me revient maintenant. Sarah a parlé de lui. Il lui a servi de chauffeur un bon bout de temps, et puis il s'est barré pour chercher sa copine. Et alors ?

— Alors il s'est barré pour aller au mont Rainier !

Elle ne répondit pas. On aurait dit qu'elle ne l'avait même pas entendu. Elle continuait de le fixer avec ce regard vide de poisson mort — comme si elle était complètement shootée.

— Ariel, qu'est-ce qui te prend ! hurla-t-il. T'es bouchée ou quoi ? Si John est allé au mont Rainier et qu'il en est revenu, alors il a *survécu*. Et s'il a survécu, d'autres sont peut-être encore en vie aussi. Leslie, par exemple.

Sa dernière phrase parut faire tilt. Elle sursauta, les yeux écarquillés.

— Merde, souffla-t-elle d'une voix enrouée. Tu as peut-être raison. Pourquoi tu l'as pas dit plus tôt ?

Il lui adressa un sourire fatigué.

— Parce que tu es restée cloîtrée dans ta chambre toute la journée, comme une sorte de... une sorte de...

— Une sorte de quoi ?

Elle était assise, très droite maintenant, les mâchoires serrées.

— Je sais pas, murmura Caleb en se détournant.

Il avait été sur le point de dire *malade mentale*. Ce qui était vrai. Depuis l'explosion du mont Rainier, elle avait sombré dans cet état bizarre. Presque catatonique. Pendant ce temps, Caleb avait carrément disjoncté — incapable de dormir, incapable même de manger (ou de boire) — à se demander chaque jour si Leslie et les autres avaient survécu, si Ariel et lui devaient essayer de les retrouver, pourquoi Ariel semblait se foutre de tout...

— Excuse-moi pour ces derniers jours, dit soudain Ariel. Je suis un peu déprimée, tu comprends ? C'est dur de continuer à sourire quand tous les gens que tu aimais sont morts.

Caleb accusa difficilement le coup. *Morts*. Il avait l'impression qu'elle l'avait littéralement transpercé avec ce mot. Il se dégonfla comme un ballon de baudruche... et toute sa colère s'évanouit. Il la regarda. Elle avait raison. Leurs amis étaient partis. Tous.

— Je suis encore là, murmura-t-il.

Les yeux d'Ariel s'emplirent de larmes.

— Je sais. Je ne veux pas que ça aille mal entre nous, Caleb. C'est juste que... j'ai peur. Je me demande ce qui va nous arriver.

Il vint s'asseoir à côté d'elle et l'enlaça.

— Ce que j'essayais de te dire, c'est qu'on *peut* découvrir ce qui va nous arriver. Tu as déchiffré le code. On a les prophéties. Si on avait su plus tôt ce qui allait se passer au mont Rainier, on n'aurait pas laissé...

Il secoua la tête, incapable de continuer.

— Je ne peux plus regarder ce carnet, sanglota-t-elle en se blottissant contre lui. Je suis désolée. Ça fait trop mal. Je suis vraiment désolée...

— Chhh, murmura-t-il, apaisant, en lui tapotant le dos — comme si ça pouvait aider.

Elle avait craqué. Il ne l'avait jamais vue dans cet état. Même dans la merde la plus noire, elle avait toujours tenu le coup. En fait, habituellement, c'était *lui* qui craquait le premier. Peut-être ferait-il mieux de la remettre au lit. Et de jeter lui-même un œil à ce carnet. S'il le trouvait. La chambre d'Ariel était un vrai foutoir. Il ferait peut-être mieux d'essayer de retrouver John. Ouais. D'ailleurs, il avait besoin de prendre l'air…

— Qu'est-ce qu'il y a ? demanda Ariel en reniflant.

— Euh… rien. Je me demandais si je ne devrais pas partir à la recherche de John.

— Ça m'étonnerait que tu le trouves. Il est sûrement loin, maintenant.

Caleb réfléchit un instant.

— Pourquoi veux-tu qu'il soit déjà reparti ? dit-il finalement. Il est bien revenu ici pour quelque chose. Les Visionnaires sont attirés par Babylon, non ?

Ariel haussa les épaules.

— Peut-être. Mais il n'avait pas l'air de vouloir s'attarder dans le secteur.

Elle se cala contre sa poitrine et ferma les yeux.

Non, il n'en avait pas l'air. Caleb s'adossa au canapé, les yeux dans le vide. Quelque chose avait sérieusement fichu la frousse à John. Son visage avait une expression de… *terreur*. Mais qu'est-ce qui avait pu déclencher une réaction pareille ? Il était là, en train de regarder Caleb — et puis *pof*, il avait détalé comme un lapin.

Au moment précis où Ariel était sortie de la maison…

Il la prenait peut-être pour le Démon.

Caleb faillit s'esclaffer. Décidément, le manque de sommeil faisait des dégâts…

En fait… c'était pas si délirant que ça. Non. John avait quitté Babylon *avant* que Sarah ne prouve que Jezebel était le Démon. Jusque-là, tout le monde soupçonnait Ariel. John devait donc toujours le croire.

Si seulement il savait. S'il savait par quoi Caleb lui-même était passé pour prouver que Jezebel mentait...

L'horreur !

Le souvenir de toutes ces nuits passées à se cuiter avec Jezebel commença à émerger. Un grognement de dégoût lui échappa. Et encore... ça aurait pu être pire. Bien pire. Des tas de fois, il avait presque oublié à qui il avait affaire. Jezebel pouvait être carrément pathétique. Elle manquait d'assurance et était mesquine. Et à part lire dans les pensées des autres, elle n'était douée pour rien. Elle essayait de jouer les dures — mais en fait il n'y avait pas plus faible qu'elle. Caleb avait eu les jetons plus d'une fois, mais c'était plus la pensée de ce qui se trouvait à l'intérieur de Jezebel que la nana elle-même qui lui fichait la trouille.

Ariel... pouvait être cent fois plus effrayante.

Il la regarda. Ses yeux étaient fermés ; sa poitrine bougeait doucement au rythme de sa respiration paisible. Elle dormait. Il secoua la tête en souriant avec tendresse. Elle avait l'air si tranquille, maintenant.

Il l'avait peut-être un peu trop secouée, ces derniers jours. Elle avait tant souffert. Pas seulement récemment — dans le passé aussi. Tout ce truc avec sa mère, d'abord. Et puis Jezebel qui lui avait carrément planté un couteau dans le cœur...

Son sourire s'effaça brusquement.

Comment Ariel avait-elle survécu à *ça* ?

Ça n'avait aucun sens. Ariel avait soi-disant été sauvée grâce aux pouvoirs magiques de Jezebel. Jezebel avait donc le pouvoir de sauver la vie d'Ariel, mais pas sa *propre* vie ? Mais le Démon n'avait peut-être plus besoin de corps humain pour s'incarner. C'était ce qu'Ariel avait dit quand la montagne avait explosé. Le Démon vivait encore. Le Démon était *forcément* vivant. Les prophéties tenaient toujours.

Mais il y avait d'autres trucs qui ne collaient pas. Maintenant qu'il y pensait, on avait aussi attribué à Jezebel le fait que ceux qui approchaient Ariel se désintégraient. Jezebel pouvait donc *tuer* avec sa magie — mais il lui avait fallu une arme pour tuer Sarah.

Pourquoi ?

Il frémit.

Une théorie vraiment déplaisante prenait forme dans son esprit.

Et si tout le monde se trompait sur Ariel ? Et si elle était le Démon, après tout ?

Et si c'était l'inverse depuis le début ? Ariel se serait servie de Jezebel en utilisant ses *propres* pouvoirs. Ç'aurait été malin. Très malin. Jezebel était peut-être dingue, mais elle avait toujours clamé qu'elle n'était *pas* le Démon. Personne ne la croyait, évidemment — mais qui aurait fait un meilleur bouc émissaire ? Ariel avait pu utiliser Jezebel pour tuer Sarah… ce qui signifierait que l'Élue était morte, mais pas le Démon. Voilà peut-être pourquoi les prophéties continuaient de se réaliser. Si l'une des deux vivait, ça suffisait.

Et Caleb savait qu'Ariel avait le don de la duplicité : manipulatrice et sournoise. D'ailleurs, elle s'en vantait. Elle avait aussi déchiffré le code — très facilement et, comme par hasard, *après* que tous les Visionnaires avaient été réduits en bouillie. Même l'Élue avait séché devant ce fichu code — mais pas Ariel. Ariel, qui détenait la seule copie de la traduction.

Au bout du compte, Ariel avait *tout* récupéré : le carnet, les prophéties secrètes… absolument tout.

Et elle était la seule survivante.

En fait, John savait peut-être des choses que Caleb ignorait. John avait peut-être *reconnu* Ariel. Sûrement.

Caleb retint son souffle. Ce n'était plus seulement une théorie. Non. C'était très, très réel.

Il bondit du canapé et se rua vers la porte.

— Hé, marmonna Ariel d'une voix ensommeillée. Où tu vas ?

Mais il ne répondit pas. Il ferma juste la porte derrière lui et s'enfuit à toutes jambes.

CHAPITRE TREIZE

Novembre

Babylon, Washington.
Après-midi du 27 novembre.

Je n'arrive pas à y croire - je suis enfin à Babylon. Maintenant, la force d'attraction est comme un aimant qui pointe vers le sol. Je suis centrée. Je suis chez moi. Je pourrais presque être heureuse si je n'étais pas si seule et effrayée.

Ils avaient raison. Babylon est désertée.

Mais c'est quand même ici que je dois être. Heureusement, Bob et Ted ont accepté de me conduire jusqu'ici. C'était ça ou me laisser sur le bord de la route. Je crois que je suis devenue un peu hystérique. C'était plus fort que moi. La souffrance que j'ai éprouvée quand le nuage noir s'est évaporé... je ne l'oublierai jamais. C'était comme si toutes mes visions de l'année écoulée avaient été piégées par le nuage et que, d'un seul coup, elles revenaient en force. En même temps, j'étais contente. Parce que le retour de mes dons de Visionnaire me prouvait que la bataille n'était pas terminée. Je devais continuer à aller à l'ouest. Venir ici.

Je dois aller jusqu'au bout de mes visions — et de ma destinée, quelle qu'elle soit.

Bob et Ted sont des garçons bien. J'ai eu tort de douter d'eux. Ils voulaient rester avec moi jusqu'à l'accouchement, mais j'ai refusé. Ils en avaient déjà assez fait pour moi. Je crois qu'ils étaient soulagés quand je leur ai dit de partir.

Le Démon est très proche. Je le sens.

Mais je n'ai pas aussi peur que je l'imaginais.

En fait, j'ai de l'espoir. Parce que j'ai vu mon bébé pour la première fois. Dans une vision. Elle est tellement belle. Elle a un œil marron et un œil vert... un de John et un de moi. Et je sais que les autres Visionnaires avaient raison. Elle est particulière.

Elle a hérité de la force de son père. Et elle a hérité de nous deux le don de double vue. Maintenant que l'Élue est morte, je sais que ma fille est sans doute le seul espoir.

Julia s'épongea le front. Il faisait extrêmement chaud pour la fin novembre. Peut-être devrait-elle s'installer à l'ombre des pins voisins pour se protéger du soleil. Ce serait sans doute plus approprié à son état. Mais elle ne pouvait se résoudre à s'éloigner de cet endroit précis, même de quelques mètres...

J'aurais tant aimé que tu y arrives, John, pensa-t-elle en fermant son journal. C'est aussi beau que tu le disais.

Un sourire mélancolique incurva ses lèvres. Même sans la force d'attraction, elle aurait trouvé cette falaise. La description de John était restée ancrée dans son esprit : la façon dont les vagues écumeuses venaient s'écraser contre les rochers en contrebas, l'océan turquoise qui s'étendait vers l'horizon brumeux... c'était en tout point exact. Son regard suivit les ondulations de la côte verdoyante au sud, jusqu'à une montagne au sommet enneigé dans le lointain.

Quelle était cette montagne, au fait ?

Pas le mont Rainier, elle en était sûre.

Un frisson la parcourut. Quelques jours auparavant, elle regardait le mont Rainier depuis la route quand il avait commencé à cracher une abominable fumée noire, accompagnée de ce qui ressemblait à des éclairs. Peu après, de la lave incandescente s'était déversée du cratère. Cela semblait si proche… — alors que c'était probablement à près de quatre-vingts kilomètres. Puis le sommet de la montagne avait littéralement explosé. Des particules enflammées avaient bombardé le ciel, laissant des traînées de fumée derrière elles. Au bout de longues secondes, la terre s'était mise à trembler. Un grondement sinistre avait fait vibrer l'air. Une fine poussière de cendre blanche était tombée en pluie sur la route. Progressivement, l'épais voile de fumée avait recouvert la portion de montagne encore visible.

Malgré l'ampleur de la catastrophe, personne n'avait fait de commentaire. Bob et Ted n'en parlèrent pas une seule fois. Et Julia comprenait parfaitement leurs raisons.

Ils avaient des amis sur cette montagne.

Elle aussi. Tous les fidèles de Harold s'y trouvaient. Elle préférait ne pas y penser. Il y avait eu tant de gens bernés. Tant de vies détruites…

Pour l'heure, la bonne question n'était peut-être pas : *Quelle montagne suis-je en train de regarder ?* Mais : *Cette montagne explosera-t-elle à son tour ?*

Elle se leva lentement, avec difficulté. Son gros ventre était comme une ancre qui la retenait au sol. Un léger vertige la prit. En fait — mais c'était peut-être dû à sa trop longue exposition au soleil — elle se sentait presque dans l'état qui précédait toujours ses visions… étourdie, au bord de la nausée, désorientée…

Qu'est-ce que…

Quelqu'un longeait la route, très près de la lisière des bois, comme s'il cherchait à se cacher. Julia mit la main en visière. C'était un garçon. Petit et maigre… avec de longs cheveux blonds. Il portait un jean noir crasseux et un T-shirt noir.

Julia se figea, l'estomac soudain noué. Il se trouvait encore trop loin pour qu'elle en soit sûre, mais il ressemblait beaucoup à...

Leurs regards se croisèrent.

Il s'immobilisa.

Un frisson parcourut la nuque de Julia. Son cœur battait à tout rompre. Ça ne pouvait pas être vrai. Bien sûr que non. Ce garçon était le portrait craché de... Même à cette distance elle pouvait voir ses yeux verts lumineux...

— Julia ?

Elle sentit ses jambes se dérober sous elle. *La voix, aussi.* Il continua de s'approcher, ses Doc Martens soulevant la poussière à chaque pas.

— Julia ?

Un sourire tremblant éclaira son visage. Il se mit à courir.

— Julia ?

Il est mort. Il doit être...

L'instant d'après, il la serrait dans ses bras. Comme hébétée, elle se laissa faire, encore incapable de comprendre ce qui lui arrivait. Elle l'entendit *pleurer*. Sangloter violemment. Son corps était secoué de frissons contre le sien. Il plongea ses doigts dans sa chevelure emmêlée, la palpant comme pour se prouver qu'elle était bien réelle.

— J'allais partir, souffla-t-il entre deux sanglots. Mais je n'ai pas pu. Ça faisait trop mal. Et j'ai essayé de ne pas penser à toi, mais c'était plus fort que moi. Dis-moi que tu es là. Dis-moi que c'est vrai.

Elle ouvrit la bouche.

Mais aucun son ne réussit à franchir ses lèvres sèches.

— Est-ce que… je suis morte ? articula-t-elle finalement.

John s'écarta d'elle. Son visage maculé de poussière était baigné de larmes… mais il était plus beau que jamais. Telles deux pierres précieuses, ses yeux verts accrochaient la lumière du soleil.

— Bien sûr que non, murmura-t-il.

Elle déglutit.

— Mais toi tu es mort.

Il secoua la tête.

— Non.

— Est-ce une vision ? demanda-t-elle encore, la gorge serrée.

— Mais non ! s'exclama-t-il en riant et en s'essuyant les yeux. Julia, je suis *vivant* ! Je ne suis pas mort à la ferme de Harold. Je me suis échappé. Je les ai tous bluffés. Même toi.

Julia leva une main tremblante vers sa propre joue. Elle aussi pleurait. Elle ne s'en était même pas aperçue. Ça ne pouvait pas être réel. De tels miracles n'existaient pas. Pas pour elle. Jamais pour elle…

— Julia, murmura-t-il, son regard venant se poser sur son ventre. Tu es…

— C'est le tien, souffla-t-elle.

Il leva les yeux. Son visage rayonna soudain de ce feu intérieur qu'elle connaissait si bien, cette beauté lumineuse et rebelle qui l'avait frappée dès leur première rencontre… et elle sut alors avec certitude qu'elle n'était ni morte ni plongée dans un état second. Parce que cette expression magique dans ses yeux ne pouvait pas s'oublier. C'était elle qui l'avait poussée vers lui. C'était elle qui avait scellé leur amour.

— Ce n'est pas le mien, dit-il. C'est le *nôtre*.

CHAPITRE QUATORZE

Novembre

187 Puget Drive,
Babylon, Washington.
Nuit du 28 novembre.

ARIEL MIT UNE JOURNÉE ENTIÈRE à comprendre *pourquoi* Caleb l'avait plaquée.

Elle connaissait peut-être la réponse depuis le début. Mais c'était trop difficile à accepter. Elle avait beau continuer d'aligner les hypothèses dans sa tête, aucune ne collait, sauf une.

Caleb pense que je suis le Démon.

Le plus effrayant était qu'elle ne pouvait pas lui en vouloir.

C'était aussi visible que le nez au milieu de la figure, non ? Elle était là, saine et sauve — et tous ses amis (et ennemis) étaient morts. Pourquoi s'était-elle fatiguée à lutter contre l'évidence ? Depuis des mois et des mois, tout prouvait qu'elle était le Démon. Les Visionnaires tombaient comme des mouches autour d'elle. Son ancienne meilleure amie, Jezebel, s'était même pris une veste en tentant de la poignarder. Ariel était immortelle. Il n'y avait qu'un seul hic — la question qu'Ariel se posait chaque jour depuis sa rencontre avec Sarah : *Si je suis le Démon, pourquoi est-ce que je l'ignore ?*

Interrogation somme toute légitime, non ?

Elle se redressa sur son lit défait. Les bougies étaient presque entièrement consumées. Le tic-tac de son réveil Mickey résonnait depuis son bureau.

Il était presque minuit. C'était drôle, elle était allongée depuis des heures au milieu du désordre sans nom de sa chambre, sachant qu'il existait sans doute une solution simple à ce dilemme — mais tout bonnement trop terrifiée pour passer à l'action.

Enfin… c'était peut-être pas si drôle que ça.

Son regard se posa sur le vieux carnet abandonné sur le tapis. Le carnet de Sarah. La traduction de l'ancien parchemin.

Les réponses s'y trouvaient. Elle n'avait qu'à l'ouvrir à la première page et commencer à lire. Ensuite, elle serait fixée. Et elle pourrait retrouver Caleb, le rassurer, lui prouver qu'il avait tort.

Ou raison.

Elle déglutit péniblement. Le simple fait de regarder le carnet lui collait une trouille terrible. Son pouls s'accélérait déjà. Depuis six jours — depuis qu'elle avait déchiffré le code — elle avait été incapable de l'ouvrir. Elle ne *voulait pas* savoir ce qui était encore prédit. De crainte d'apprendre des choses sur elle-même qu'elle préférait ignorer.

Mais tu dois le faire.

C'était vrai. Ne pas savoir était pire que savoir. La torture ne finirait jamais si elle ne clarifiait pas les choses une bonne fois pour toutes. En plus, Caleb avait le droit de savoir. Et tous les autres survivants du monde, aussi. Comme ce John Machin-Chose. Elle devait…

Allez, vas-y !

Elle ramassa le carnet par terre et l'ouvrit au hasard. Elle commencerait n'importe où. Pourquoi pas ? Si les prophéties marchaient, elles marchaient.

Le démon répandra la désolation sur la terre et sur la mer...
Et les serviteurs du Démon sèmeront la mort sous leurs pas.

Bon. C'était le troisième cycle lunaire. Mars. Qu'est-ce qu'elle faisait en mars ? Pas répandre la désolation sur la terre et sur la mer, du moins pas à sa connaissance. Non, si sa mémoire était bonne, elle passait son temps à se cuiter dans un immeuble administratif de Seattle. Elle n'avait pas non plus de *serviteurs*. Sarah appelait les serviteurs du Démon « les filles en toge noire ». Eh bien, ces nanas n'avaient pas rendu le plus petit service à Ariel. Elle ne les avait même jamais *vues*. Elle secoua la tête et tourna la page au cycle suivant. Le mois d'avril. Pas mal non plus, dans le genre soporifique. Ça parlait de soleil et de Visionnaires... *Ra-soir*. Elle sauta jusqu'au passage concernant le Démon.

Le Démon revêtira une forme humaine
Et s'avancera parmi les justes et les malfaisants.
Vu sans être vu. Entendu sans être entendu.
Son nom sera caché dans un nom,
Comme les funestes secrets
Dans ce parchemin.

Ariel s'en souvenait très bien... Sarah avait beaucoup parlé de ce passage ; il permettait de démontrer que *Jezebel* était le Démon. Pas Ariel. C'était en avril que Jezebel avait pété les plombs. Il lui était arrivé *quelque chose* — grosso modo, l'ancienne Jezebel avait disparu, et le Démon l'avait possédée, « revêtant une forme humaine ».

La prophétie collait. Net et clair.

Et qu'est-ce qui se passait pour Ariel pendant ce temps ?

Des tas de choses, en fait. Des Visionnaires fêlés lui avaient donné le collier. Elle avait failli mourir dans l'incendie du Sheraton. Mais Leslie lui avait sauvé la vie... Elle n'avait pas pour autant changé de peau. Elle était toujours la même bonne vieille Ariel bourrée de défauts.

Ça ne suffisait pas comme preuves ? Est-ce qu'elle devait vraiment continuer ce jeu de pistes ?

Non. Elle n'était *pas* le Démon.

Elle commençait à être en colère, sans même savoir vraiment pourquoi. Si. Ces stupides prophéties lui rappelaient certains trucs qu'elle regrettait — comme d'avoir passé un mois entier à être une vraie salope avec Leslie, alors qu'elles auraient dû être amies depuis le début. Et maintenant, elle n'aurait plus l'occasion de se rattraper...

Ne pense pas comme ça. Tu n'es pas sûre que Leslie soit morte.

Elle regarda de nouveau le carnet : « *Son nom sera caché dans un nom, comme les funestes secrets dans ce parchemin.* »

Dans ce parchemin. Le code, manifestement. Mais est-ce que ça voulait dire que le nom du Démon était aussi codé ? Caché, comme les prophéties dissimulées dans les passages sans queue ni tête ?

Ariel se sentit soudain glacée.

Le nom de Jezebel ne contenait aucun nom codé. C'était vite vu.

J... B... O... rien.

Et *mon* nom ? pensa-t-elle, craignant presque la réponse.

ARIELCOLLINS

D'une main tremblante, elle prit un stylo et décoda :

Arie**L**col**L**ins

ALL. Ça ne voulait rien dire.

Fébrilement, elle commença à écrire tous les noms des gens qu'elle connaissait. Sarah Levy — SHY. Au lieu d'Élue ? Elle s'était peut-être trompée. Le code ne fonctionnait pas sur les noms.

Caleb Walker — encore rien. Trevor Collins — rien. Leslie Tisch — rien.

Elle ne put s'empêcher de sourire. Si Leslie avait pu la voir à cet instant précis, en train de se prendre la tête à cause d'un parchemin vieux comme Hérode, elle aurait carrément éclaté de rire.

Elle lui manquait tellement. Au fond d'elle, elle savait que Leslie était morte, mais en fermant les yeux elle avait presque l'impression de sentir son amie à côté d'elle dans la pièce. *Je devrais peut-être décoder son nom complet*. Leslie avait toujours adoré sa kyrielle de prénoms ridicules.

LESLIEARLISSIRMATISCH

Elle nota et décoda rapidement la séquence de lettres, lisant les noms qu'elle connaissait si bien — d'abord avec une pointe d'humour tendre, puis avec une panique croissante… et finalement avec horreur.

Lesl**I**ear**L**iss**I**rma**T**isc**H**

LILITH

Depuis le 31 décembre 1998,
Ariel et les autres vous ont tenus en haleine.
Le 31 décembre 1999, le compte à rebours se termine.

Le suspense est à son comble.
Un titre, deux couvertures,
deux fins possibles pour *Décembre*...

COMPTE À REBOURS
Mise en vente des deux dernières versions
le 26 novembre 1999

— Cette nuit est une nuit de gloire ! Ô flammes sacrées, acceptez en offrande le corps de Soashyant ! psalmodient les toges noires.

Je suis entravée par de lourdes chaînes. Les âmes damnées de Lilith défilent devant moi en brandissant leurs flambeaux. Mais la fin de mes souffrances est proche. Je ne cherche pas à résister. J'accepte mon sort.

— Elles ont raison, cette nuit est vraiment exceptionnelle, me souffle une voix à l'oreille.

Une voix pure comme du cristal, aussi familière que mon propre reflet sur la surface lisse d'un étang. Je sais que c'est elle. Mais je me refuse à la regarder en face.

— Sais-tu ce qu'elle a de si spécial, Soashyant ? me demande Lilith.

Non, je ne tournerai pas les yeux vers elle !

— Cette nuit est la plus longue de l'année, continue Lilith. C'est le solstice d'hiver, date propice entre toutes. Tu vas entamer un long, très long sommeil. Moi aussi. Et à ton réveil, tu ne te souviendras de rien... Pas avant l'anniversaire de cette nuit fatidique.

5139

Photocomposition : Nord Compo
Achevé d'imprimer en Europe (Allemagne)
par Elsnerdruck à Berlin
le 24 septembre 1999
Dépôt légal : septembre 1999. ISBN 2-290-05139-X

Éditions J'ai lu
84, rue de Grenelle, 75007 Paris
Diffusion France et étranger : Flammarion